A MONSIEVR

MONSIEVR FRANCOIS DE L'ISLE, CAPITAINE de cinquante hommes d'armes des ordonnances du Roy, Conseiller en ses conseils d'Estat & priué, Gouuerneur pour sa Majesté des Ville & Citadelle, & Bailly d'Amiens, seigneur de Treigny, Mariuaux, Orsonuilliers, la Roüe, & autres lieux.

MONSIEVR,

quoy que l'heresie soit vn monstre detestable, trainant apres soy vne Iliade de miseres, Dieu toutes-fois qui gouuerne toutes choses par son admirable prouidence, & permett ces maux pour le chastiment de son peuple, en tire vn tel profit, que lors que les matieres

A 3

de la foy sont concertées & debatuës auec plus d'animosité par les ennemis de la vraye religion, la verité s'esclarcit dauantage, & les escriptures sainctes, qui d'elles mesmes sont pleines d'obscurité, se manyet auec plus de soing & diligence que deuät, & infinis passages, qui cessant cela, demeureroyent du tout incogneuz ou entenduz de peu de gens, a force de les rebatre sont rendus faciles a tous. C'est la remarque qu'en a faict monsieur S. Augustin, passez sont douze cens ans, plusieurs sentences de l'escripture (disoit-il) cachées ou congneües a peu de persones ne sont iamais plus commodément explicquées, que quäd nous sommes contraints de respondre aux hereticques. Car lors ceux qui ne tenoient compte d'estudier aux sainctes lettres, secouäants le sommeil qui les tenoit assopis, s'esueillent & se mettent a les lire plus diligemment, pour rebarrer les aduersaires. Combien de passages ont esté mis en cui-

En Psal.
67.

RESPONSE CATHOLIQVE

AVX DIXSEPT QVES-
TIONS OV DEMANDES DV
Miniſtre du Moulin: Par R. Viſeur,
Docteur en Theologie, & Chanoine
de l'Egliſe Cathedrale d'Amyens.

A Monſieur, Monſieur François de l'Iſle, Capitai-
ne de cinquante hommes d'armes des Ordon-
nances du Roy, Conſeiller en ſes Conſeils d'Eſtat,
& Priué, Gouuerneur pour ſa Maieſté des vil-
le & Citadelle, & Bailly d'Amyens, Seigneur
de Treigny, Marinaux, Orſonuilliers, la Rouë,
& autres lieux.

A PARIS,

Chez IEAN NIGAVD, ruë ſainct Iacques,
à l'Imprimerie de taille douce.

M. DC. XI.
Auec permiſſion.

dence contre Photin touchãt la diuinité du
fils de Dieu:combien de sentences exposées
de l'humanité de Iesus-Christ contre les
Manicheens?combien de la saincte Trinité cõtre les Arriens, Eunomiens, Mace-
doniens? cõbien de l'Eglise Catholique es-
panduë par tout le monde, & du mesl an-
ge des bons auec les mauuais,qui continue-
ra en l'Eglise usques a la fin du monde,
contre les Donatistes & Luciferiens? cõbien contre d'aultres heretiques anciens,
que nous serians trop longs de racompter?
Ainsi voyons nous que l'heresie du dernier siecle a excité tant de beaux esprits a
reueoir & refœilleter exactement les bons
liures, a l'aide desquels suiuant la ligne
dressée par les docteurs anciens de l'eglise,
ils ont si naïfuement interpreté l'escripture, & par la droite intelligence d'icelle,
donné lumiere a infinis doubtes que faisoient glisser aux esprits des ignorants, ces
nouateurs & broüillons! lesquels par ce

moyen font tellement preffez, qu'au lieu
de demeurer a couuert comme au parauāt
dedans la foreſt des eſcriptures, auiour-
d'huy ils les abandonnent, & ſe raportent
dores-en auāt pour la deciſion des articles,
qu'ils ont eux meſmes mis en controuerſe,
au teſmoignage de l'ātiquité & des peres,
contrè l'expreſſe renontiation qu'ils y ont
cy deuant faiɛt. Teſmoings les dix-ſept
queſtions ou demandes traiɛtees au preſet
eſcript. Leſquelles m'ayant eſté aportées
ſans nom de l'Aucteur, & non moulées,
mais eſcriptes a la main & tres - mal
ortographiées, il y a tantoſt dix-huiɛt a
dix-neuf mois, ie les auois ſur le champ,
comme l'on diɛt, reſponduës, a la veille
de quelques nuits, penſant les mettre auſsi
toſt au iour. Mais comme i'eſtois ſur le
poinɛt de ce faire, arriua qu'au meſme
temps, par la communication qui me fut
faiɛte d'vn petit liuret imprimé, ie recogneu que c'eſtoyent les meſmes demandes

& parolles, que le Ministre du Moulin auoit proposé au R. Pere Gonthery. Cela fut cause, qu'attendant de iour a aultre les veoir-respondües par ledict Pere i'ay tenu l'edition desdites responces en surseance, iusques a ce qu'ayant communiqué auec luy au dernier voyage qu'il fit a Amyes, & entendu de sa bouche, que ses affaires le portoyent a choses plus serieuses, ie me suis par son aduis resolu les mettre souz la presse & faire seruir au public. Et daultant que selon les Poëtes anciens, Pallas presidente des sciences & bonnes lettres, estoit aussi la déesse des armes, pourquoy ils la peignoyent toute armée de pied en cappe! ceste fiction nous donnant a entendre, ores que la profession des sciences, & celle de la guerre soit en effect fort dissemblable! neantmoins les courages releuez des genereux guerriers ont tousiours bien accueilly les trauaux des gens de lettres, par lesquels la vertu & proüesse des

hommes illustres est consignée a la posteri-
té, pour seruir d'espero a tous, a entrepren-
dre choses haultes, & par bien-faits consacrer leur nom a l'immortalité!. Ce qui
paroist assez en vous, Monsieur, qui par
vn bon heur du Ciel auez atteint en ceste
ville le souuerain cõmandement pour les
armes par la qualité de Gouuerneur, &
la supréme auctorité de Iustice par l'estat
de Bailly d'Amiens. Partant consideré
que la plus haulte & éminente partie de
la Iustice, consiste en la Religion, qui regarde le culte & seruice deub a Dieu : la
deffence de laquelle vous a esté mise en
main par le glaiue que vous portez, non
seulement pour faire regner Iustice, quàt
a la conuersation ciuile, mais aussi pour
cõseruer l'honneur deub a Dieu, & maintenir les Catholiques en repos, contre l'ef-
fort de ceux qui soubs pretexte de religion
vouldroyent remuer icy quelque chose. Et
voyant d'ailleurs reluire en vous ce sainct
desir

defir & intentiõ, par tant de fignalez teſmoignages que vous en auez donné, non
ſeulemẽt bienueignãt les Eccleſiaſticques,
honorãt par toutes ſortes de reſpects l'heu-
reuſe vieilleſſe & ſage conduite de noſtre bõ Prelat, Monſeigneur d'Amyẽs,
receuãt auec tant de courtoiſie tous les pre-
dicateurs, qui depuis voſtre Gouuernemẽt
ſont venus en ceſte ville, & les oyant d'v-
ne incroyable attention! mais encores em-
braſſant de telle affection tous ceux qui e-
ſtans ſoubs voſtre charge, par les exemples
de voſtre rare pieté & de voſtre noble
maiſon, ſe ſont en grãd nombre volontairement reduits a la religion Catholique, &
vous employant en particulier fort ſoi-
gneuſement a la lecture des bons liures ſer-
uants a la cõfirmation de la vraye croyãce,
& refutation de l'erreur: bien que ce petit
œuure, ne ſoit autrement recommandable,
ſi non que pour la varieté des poincts qui
y ſont traictez, & ſe mettent iournellemẽt

B

fur le tapis, & que par les graues fenten-
ces & auctoritez des Peres, alleguées pour
l'efclarciffement d'iceux, il pourra vous
donner quelque contentement ! i'ay penfé
faire chofe, qui ne vous feroit defagreable,
fi ie le vous prefentois, efperāt que s'il for-
te en lumiere, appuyé de l'auctorité de voftre nō (H) bien reçeu de vous : les curieux
qui defirēt l'inftruction de ces poincts, qui
pour la plus-part regardent les vfages &
ceremonies de l'Eglife, conferuées dés la
naiffance de la Chreftienté iufques a nous,
feront par voftre exemple excitez a les re-
chercher. En quoy fi ie n'ay parfaitement
atteint le but de mō defir, fi ofcray-ie pourtant affermer en confcience, mon inten-
tion n'auoir efté autre, que de faire fer-
uice au publiq, en ce que i'ay creu a-
partenir a l'honneur de Dieu & aduan-
cement des ames au falut eternel. Vous
plaife doncq prendre en bonne part ce petit labeur, & le recepuoir de pareille affe-

ɛion & bienuœillance, que priant la
bonté diuine accroiſtre tous les iours ſur
vous & voſtre noble famille ſes graces
& benedictions celeſtes, ie deſire demeurer,

MONSEIGNEVR,

> Voſtre tres humble & tres-
> affectionné ſeruiteur
> R. Viſeur.

A ij

DIX-SEPT
QVESTIONS OV
DEMANDES DV MINI-
stre du Moulin, respondües par
R. Viseur Docteur en Theologie, & Chanoine de l'Eglise Cathedrale d'Amiens.

PVISQVE noz Reformez sont deuenuz si courtois, de vouloir prendre droit, pour les questiõs qu'ils proposent, des Peres qui ont fleury és quatre premiers siecles apres Iesus-Christ; Ie leur demanderois volontiers, s'ils ne voudroient point les admettre pour Iuges, és autres differents plus importants, & qui touchent de plus prez les fondements de la foy & religion Chrestienne : comme ceux de la reelle presence de Iesus-Christ au S. Sacrement de l'Autel, du Sacrifice offert en la Messe, du nombre & efficace des Sacrementz, du franc arbitre, du merite des bonnes œuures, de l'inuocation des Saincts, des festes des martyrs, de la veneration des sainctes reliques, du Purgatoire, de la priere

pour les morts & de beaucoup d'aultres semblables, car s'ils vouloyét s'en rapporter au dire des anciens nous ferions bien toſt d'accord.
Mais pourquoy ne s'y rapporterōt ils pour ces
poincts derniers, puis qu'ils les demādent pour
Iuges aux premiers ? Qui voudroit traicter a-
uec eux ſelon leur merites, pourroit iuſtement
les arreſter ſur ceſte demande: comme feit noſtre Seigneur les Phariſiens lors que enquis en
quelle puiſſance il faiſoit tant de miracles, au
lieu de reſpōdre les interrogea ſur le bapteſme
de S. Iean? demandant s'il eſtoit du Ciel ou nō:
A quoy eux ne reſpondans rien: il leur dict, auſſi
ne vous diray-ie point en quelle puiſſance ie
fais ces choſes. Car il eſt tres-certain que comme les Phariſiens s'adreſſoient a Ieſus-Chriſt,
non pour deſir qu'ils euſſent de le ſuiure, mais
ſeulement pour le contrepoincter: ainſi ces gés
qui enuoyent ces queſtions a la ſourdine ſans y
mettre leur nom, monſtrent aſſez le peu d'affection qu'ils ont de ſe conuertir, voires quand
on leur monſtrera la verité. Et partant meritét
d'eſtre renuoyez ſans autre reſponce, iuſques a
ce qu'ils ayent reſpondu, ſi pour tous les diffe-
rens de la Religion ils en veulent croire les anciens : mais d'autant que parmy nous il y a des
ſimples, es mains deſquels ces queſtions ſont
parauenture paruenuës qui pourroiét ſe trou-
bler & heſiter en leur croyance, s'il n'y eſtoit
reſpōdu, en faueur d'eux, & auſſi pour faire entendre a nos parties que ce n'eſt choſe ſi diffi-
le, qu'ils ſe perſuadent, ie prendray la peine de

Matth.
21.

conteter les vns & les autres, deux choses pre-
alablement remarquées : La premiere que ces
gens mettans doubte en leur faict, ne se conté-
tent du nombre des tesmoings prescript par la
Loy. Car Dieu nous dict, *In ore duorum vel trium*
stabit omne verbum, en la parolle de deux ou trois
tesmoings toute parolle sera ferme & stable.
Eux ne veulent croire que sur la deposition de
six tesmoings, l'autre que come leur doctrine
est pleine de confusion, ainsi proposent ils ces
questions confusément sans distinguer ce qui
est de la foy, d'auec ce qui cocerne la police &
discipline de l'Eglise seulemēt, qui peut varier
selon le temps, sans que pour cela il y ait chan-
gemēt en la foy & Religion. Car qui voudroit
dire que Dauid, Salomon, Iudith, Hester, &
tous ceux qui ont vescu de leur temps, ont esté
d'autre religion que Moyse, pource qu'ils ont
adiousté beaucoup de choses au seruice & culte diuin, se rendroit-il pas ridicule ? Dauid a
composé vn grā d nombre de Psalmes, & pour
les faire chanter dans le temple a institué plusieurs chantres & officiers, a reduit l'ordre des
Prebstres & sacrificateurs en vingt-quatre
chefs, pour offrir le sacrifice au temple a tour
de sepmaine, & tant d'autres choses: Salomon
a basty le teple, la enrichy de plusieurs images,
parsemant les parois & les courtines de Che-
rubins, & en a fait la dedicace auec tant de so-
lennité que rien plus. Hester & Iudith ont institué certaines festes en memoire de la deli-
urance du peuple, qui se sont obseruées es sie-

Deut.19
Esaib.
18.

1 Paralip
25.

1 Paralip
24.

3. Reg.6.

3. Reg.8.
Hesth.9.
Iudith.6

cles suiuants, il faudroit donc dire au compté de nos reformateurs, que pour ces additions faictes long temps apres Moyse, la religion auroit esté autre : & que ceux qui ont vescu depuis Dauid iusques a Iesus-Christ auroïent eu vne autre loy que leur deuanciers : que si cela est hors de raison, aussi est-il, de dire que les ceremonies sainctemēt instituées en l'Eglise, soit pour declaration plus ample de nostre foy, soit par police, puissent aporter aucun changement au fait de la religiō, qui pour cela ne laisse estre telle qu'elle estoit au parauant. Les Apostres pour s'accommoder a l'infirmité des Iuifs, lors qu'ils abrogerent les ceremonies de la loy, firēt vne ordónance que l'on s'abstiendroit de bestes **Act. 15.** suffocquées & de sang. Auiourd'huy cela ne se garde plus, dirōs nous pour cela que nous soyōs decheuz de la religion des Apostres. Les Arñés blasphemants la saincte Trinité, & compofans des Hymnes pleins d'erreurs, & les chantans comme auiourd'huy nos reformez chantēt les Pseaumes corrōpus & falsifiez par Marot & Beze: les Catholiques pour protester leur vraye foy, composerent plusieurs saincts Cantiques: entre autres le *Gloria Patri* que l'on attribuë a Flauianus Patriarche d'Antioche, ou a S. Iean **Genebr.** Chrisosth. ou a tous deux ensēble, qui depuis **in Chro.** mis en Latin par S. Hierosme de l'ordonnance du Pape Damasus se chante encores auiourd'huy a la fin de chacun Psalme. Cela n'estoit poinct au temps precedent, & partant ceux-cy auroïent alteré la religion de leurs peres. Cōme ainfi foit donc, que plufieurs vfances ayent efté introduites en l'Eglife non contreuenantes a l'efcripture, mais afferantes a la pieté, pour la plus part feruantes a l'expofition & profeffion de noftre foy, eft-ce point vne grande folie, vouloir delà inferer vn changement & alteration de religion? Ce que femblent vouloir nós reformez, quoy qu'en effect la plus-part d'icelles ne regarde aucunement la fubftance & & fond de la foy, ains feulemét l'vfance & ceremonies de l'Eglife, comme particulierement fe recognoiftra par les refponces qui fuiuent.

Demande.

MOnftrez qu'aucune Eglife anciéne ait celebré l'Euchariftie fans cómuniants, cóme il fe faict ordinairement en l'Eglife Romaine.

Refponce.

DEuant que refpondre a cefte demande, le lecteur fera aduifé en pafsár, prédre garde cóme nos gés fans y péfer recognoiffent ici l'Eglife Romaine eftre la Catholique, & vniuerfelle Eglife. Car c'eft partout le móde que l'vfage eft tel de dire la Meffe fans communians, mefmes aux lieux ou ils font les maiftres, deuát leur pretenduë Reformatió cela fe praticquoit ainfi, ayant tel vfage commencé nó depuis cinq cens, ou mil ans, mais auec l'Eglife naiffante. Car quoy que du temps des Apoftres la deuotion

tion des Chreſtiens ait eſté ſi grande que tous les iours ils cõmunioyent, au raport de S. Luc: Act. 2. ce qui fut depuis remis au Dimanche. Et peu apres ſoubs le Pape Fabian aux trois principal- in decret. Fab. Pap Tom. 1. Conſil. les feſtes de l'Année, Paſqués, Pentecoſte, & Noel: neantmoins il ne ſe trouuera point que Ieſus-Chriſt ait commandé de communier toutes les fois qu'on celebreroit la ſaincte Eu- chariſtie: ains a touſiours eſté en la liberté du peuple de cõmunier ou nõ : fors certains iours que l'Egliſe, ſelon la diuerſité des temps a trou- ué bon de determiner. Qu'ainſi ſoit vous auez le canon du Pape Sother, treizieſme apres S. Pier., qui viuoit en l'an 153. ou il fait defé- de conſecr. Diſti. 1. hoc quoq; 3. ſe de chanter la meſſe & celebrer les ſaincts Miſteres ſinõ en la preſence de deux clercs. Or a quel propos auroit eſté faict ceſte ordonnan- ce, s'il euſt fallu, qu'a toutes les Meſſes le peu- ple eut eſté preſent pour y communier. Ter- tul, qui le ſuiuoit d'aſſez pres, teſmoigne que de ſon temps l'on chantoit Meſſe pour les def- Tertul. lib. de co- rona mi- lit. ex- hort. ad Caſtit. leb. de mo- nog. lib. 2. ad vxorem. S. Cypri. epiſt. 9. lib. 1. functs, *pro defunctis oblationes annua die facimus,* il en dict autant *in exhortat ad caſtitatem,* & en ſon liure de Monogomia, mais en ces lieux pas vn ſeul mot de cõmunians. Ailleurs il fait mẽ- tion de la Meſſe qui ſe chantoit au iour des eſ- pouſailles, ſans parler de communians. S. Cy- prian eſcriuant au Clergé de Furnes, ville d'A- fricque, raporte le concile ou il fut arreſté que ſi aucuns nommoient des Prebſtres pour eſtre Tuteurs ou Curateurs, l'on n'offrit n'y celebra le ſacrifice pour telles perſonnes, ſans faire re-

C

cit d'aucuns communians, *nequis frater excedens ad tutelam vel curam clericum nominaret, ac si quis hoc fecisset, non offerretur pro eo ne sacrificium pro eius dormitione celebraretur.* S. Augustin en ses

S. August. lib. 9. cõfes. C. 11.

confessions racompte le seruice faict pour sa Mere *cũ offerretur pro ea sacrificium pre. ij nostri,* pendãt que l'on offroit pour elle le sacrifice de nostre redemption, il n'eſt là aucunement parlé de cõmunians: il dict au meſme lieu que sa me-

Ibid.

re ne faillit aucun iour de sa vie d'aſſiſter a la Meſſe, il ne dit pas qu'elle communia toùs les iours, ce quil n'euſt sanȝ doubte obmis, si c'euſt eſté la couſtume de communier par tous les aſ-siſtans aux Meſſes qui se celebroiẽt de ſon tẽps. Car c'eſtoit vn ſujeɑ de recommander la pie-té & deuotion de sa mere & d'en rẽdre graces

Lib. 22. de ciuit. dei C. 8.

a Dieu. Au 22. de la cité de Dieu, vn Prebſtre de la cité d'Hipone ou S. Augustin eſtoit Eueſ-que alla chanter la Meſſe aux champs en vne maiſon trauaillée des eſprits malings, qui en fut affranchie & renduë libre apres le sacriffice of-fert. Il n'eſt point là nouuelle de communians.

Homil. 3 de incõ-preh. dei natura

S. Iean Chriſoſt. se pleint de ſon peuple de ce qu'ils aſſiſtoient bien a sa predicatiõ, mais pour la plus-part n'attendoient pas la meſſe, & per-ſonne ne venoit a la communion, ceſte pleinte eſtant fondée non ſur aucun commandement qui ait iamais eſté de cõmunier a toute meſſe, mait ſur l'indeuotion du peuple qui par sa ne-gligence se priuoit d'vn si grand bien. Ailleurs il dict quils ne communioient qu'a Paſques. On ne laiſſoit ce pendant de dire la Meſſe tous les iours. *Non ficut Iudæis beneficiorum fuorum Deus annuatim monimenta propofuit. Tibi vero per fingulos dies, ne obliuifcaris, per myſteria proponitur.* Ce n'eſt point de meſmes de nous autres & des Iuifs, auſquels Dieu propofoit les monimens de fes benefices d'an en an, mais affin que tu ne l'oublie, Iefus-Chriſt t'eſt propofé tous les iours par les myſteres qui ſōt celebrez. Et pour fournir le fixiefme teſmoing. S. Ambroife dit, *Si cibus quotidianus eſt cur poſt annum illum fumis quemadmodum græci facere confueuerunt:* ſi l'Euchaſiſtie eſt ta viande iournaliere, pourquoy la reçois tu vne fois l'an feulement, còme les Grecz ont accouſtumé de faire. Les Grecz n'eſtoient point vn an fans celebrer ces faincts myſteres, & neantmoins le peuple, au raport de S. Ambroife, (auquel s'accorde S. Auguſtin) ne communioit qu'vne fois l'an. Voila prou de teſmoignages de la primitiue Eglife, pour mōſtrer comme deſlorsōn celebroit la faincte Euchariſtie fans communians.

Homil 61. ad popul. Antioch. x homil. ad ephef.

S. Ambr. lib. 4. de ſacram. C. 5.

S. Auguſt ſer. 28. de verbis Apoſtoli.

2 Demande.

MOnſtrez, qu'aucune Eglife ancienne ait exclu les peuples de la communion du Calice.

Refponce.

POur bien entendre cecy, faut remarquer que iamais la communion foubs les deux efpeces ne fut de commandement mais de tout temps, voires du commencement de l'Eglife,

C ij

il a esté libre de cõmunier soubs vne espece, ou soubs les deux. Car cõme nostre Seigneur dit en S. Iean 6. si vous ne mangez la chair du filz

Iohan. 6

de l'homme & ne buuez son sãg, vous n'aurez point la vie en vous : par lesquelles parolles, Il semble commander la communion souz les deux especes : aussi dit il au mesme chapitre,

Ibid.

qu'il est le pain vif, qui est descendu du Ciel, si quelqu'vn mange de ce pain ne mourra point eternellement, & de rechef, qui mange ce pain viura eternellemẽt, & encores, qui me mange viura à cause de moy. En ces trois lieux il est seulement parlé de manger, & non de boire, & toutes-fois ce mãger, selõ la parolle de Iesus-Christ, donne la vie tout ainsi que feroit le boire & le manger tout enséble, pource que soubs l'vne des especes, Iesus-Christ est tout entier : aussi S. Luc qui a plus particulierement que les autres décript l'vsage de la cõmunion : quãd il en parle ne fait le plus souuent mention que

Act. 2.

de l'espece du pain. Aux actes 2. il estoiẽt perseuerants en la communion de la fraction du pain : & au mesme lieu, ils rõpoient le pain

Act. 20.

par les maisons : & plus bas, au 20. chapitre, vn iour du Sabath (cest a dire le Dimanche) estãs assemblez pour rompre le pain, ce que S. Augustin raportant en son Epist. 86. *fregit panem, sicut frangitur in Sacramento corporis Christi,* Il parle (dit il) de rompre le pain, cõme on le rõpt au sacrement du corps de Christ. Vous voyez que S. Luc ne parle en tous ces lieux que de l'espece du pain. Tertullian parlant de la fẽme

Chreſtiéne qui eſt mariéeauec vn infidele. Ton Tertul. lib. 2. ad xv.
mary dit il ne ſçaura point ce que tu gouſte ſe-
cretemét deuāt toute viáde, & s'il le ſçait, il ne
croira poinct que ce ſoit vn tel pain, que l'on
dit eſtre *panem non illum credit eſſe qui dicitur*, il
parle de l'eſpece du pain & nõ du Calice. Auſſi eſt il hors de controuerſe, que l'on reſeruoit
le ſacrement pour le porter aux malades. On le
donnoit auſſi au temps des perſecutions en la
main aux Chreſtiens, pour porter en la maiſon,
& ſe communier deuant la mort, pour ſe pre-
parer au cõbat : il euſt eſté fort mal aiſé de cõ-
ſeruer l'eſpece du vin ſás qu'elle ſe fut aigrie & S. Cypr.
corrõpuë, auſſi S. Cyprian au ſermõ de lapſis, ſer. de Lapſis.
nous racompte pluſieurs hiſtoires aduenuës de
ſon temps de diuerſes perſonnes, a qui le ſainct
Sacrement auoit eſté dõné pour porter en la
maiſon: vne femme l'auoit mis en ſon coffre, &
le penſant aller prendre, ne trouua rien que du
feu, qui luy faillit au viſage. Vne autre femme
l'ayant reçeu en ſes mains, fut tout eſtonnée
qu'elle ne trouua que dela cendre. Il n'eſt icy
fait aucune mention du Calide. Ce meſme Sa-
crement fut ainſi donné en la main au frere S. S. Ambr orat. de obit fra-tres.
Ambroiſe, Satirus qui l'euéloppa dans vne eſ-
tolle & s'eſtant ainſi mis ſur la mer, fut ſauué
du naufrage en vertu de ce Sacrement, Satirus
n'euſt pas ſçeu mettre l'eſpece du vin dans vne
eſtolle, il reçeut doncques la ſeule eſpece du Leo. ſer.
pain. Le Pape Leon premier, racompte que les 4. de quadrag
Manicheens pour n'eſtre deſcouuerts, alloient
a l'Egliſe, frequentoient la communion, mais

S. Augu.
lib. de
heresib.

pour l'horreur qu'ils auoient du vin, (qu'ils esti-
moient estre le fiel du Prince des tenebres) ne
recepuoient le Sacremēt que soubs l'espece du
pain: Que s'il eust esté de commandement de
recepuoir les deux especes, ils n'eussēt peu demeurer aucunemēt cachez. Ie ne veux toutes-
fois nier que l'vsage de communier soubs les
deux especes n'ait esté long temps en l'Eglise,
auec liberté toutes-fois de ne recepuoir que
l'vne des deux, tant pour le regard de ceux qui
ne peuuent boire ne sentir le vin, que pour autres occurences, n'estant (comme dit est) les
deux especes necessaires, par aucun commandement tellement que l'vsage du Calice s'estāt
par coustume cōtraire peu a peu abrogé & delaissé du tout en la Chrestienté d'vng tacite cō-
sentement de toute l'Eglise, sans aucune ordonnance par escript, il arriua peu deuant
le Concile de Constance qu'vn certain Bohe-
mien, nommé Iacobellus Misuellus s'esle-
ua contre l'Eglise, & commença à la calom-
nier d'auoir osté le Calice au peuple, encores
(comme dict-est) que l'Eglise n'en eut encores pour lors rien ordonné : mais cela eust esté
volontairement delaissé par le peuple, qui n'y
estoit poinct obligé. Et d'autant que ce mal
commença à croistre estant allumé par Hiero-
nimus de Praga, Iean Hus, & autres tels instru-
Conl. cost
sess. 13.
ments de sedition, l'Eglise desirant y remedier,
s'assembla par deux fois, aux Conciles de Constance & de Basle ou l'affaire ayant esté diligemment pezée & examinée, il fut conclud &

arresté pour plusieurs grandes raisons, de ne
r'appeller l'vsage du Calice qui estoit ja vni-
uersellemét delaissé, veu principallemét que les
deux espces ne furent iamais de cómandemét,
& que le peuple, qui reçoit le Sacrement soubz
l'vne d'icelles, n'est en rien priué des fruicts
d'iceluy, y reçeuant Iesus Christ tout entier,
auec autant de graces & dons spirituels cóme
s'il reçeuoit les deux especes. Et ce fut lors que
l'Eglise fit la premiere deffence aux Laicques
de communier soubz les deux especes, pour In bull.
les raisons que dessus : Et laquelle neantmoins Mart. 5.
elle modera pour le regard des Bohemiens, sub finis
ausquels pour le bien de paix elle permit l'vsa- Concel.
ge des deux especes, quoy que non necessaire, Const. &c.
a condition qu'ils n'improuueroient point
l'vsage de la seule espece du pain, qui estoit
reçeu par tout la Chrestienté, deslors apparem-
ment que l'Eglise s'acreut & multiplia. Ce qui
se collige de là, que iamais il ny eut Calice si
grand, qui peut contenir telle quantité de vin
à consacrer, qui fut suffisante à toute vne Pa-
roisse, telle que nous voyons, encores moins à
toute vne ville, pour y communier tous : &
que d'ailleurs il ne se trouue, qu'il y ait eu d'autres vaisseaux dessus l'Autel ny à l'entour de
l'Autel destinez à mettre ledict vin de conse-
cration, assez capables pour suffire à si grand
nombre de personnes: Restent deux poincts à
vuider: Le premier que nostre Seigneur la dóné
à tous ceux qui estoient presents à l'institution Mat. 26
& leur commanda à tous de boire, *bibite ex eo*

vinmes : L'autre, poſé le cas, que Ieſus-Chriſt euſt laiſſé l'vſage du Calice indifferent, qu'il ſemble auſſi que l'Egliſe doibt auoir laiſſé chacun en la liberté ou il eſtoit ; ſans en priuer le peuple par defenſe expreſſe : A quoy il eſt aiſé de s'atiſfaire. Quant au premier poinct, nous diſons que noſtre Seigneur fit deux choſes en ce diuin bãquet : Car il inſtitua le Sacremẽt, & ordonna ſes Apoſtres Prebſtres & Sacrificateurs, leur monſtrant la maniere d'offrir ce ſoũerain & vnique ſacrifice : Or affin que ce ſacrifice ſoit entier, Il eſt neceſſaire que la conſecration ſe face ſoubz l'vne & l'autre eſpece, & que toutes deux ſoient cõſõmees, autrement il ſeroit manque & imparfaict. C'eſt pour-quoy ils ont eu commãdemẽt de receuoir les deux eſpeces, mais il n'en va pas ainſi du peu-ple, qui n'ayant poinct commandement de ſa-crifier, n'a auſſi commandement de prendre les deux eſpeces : au ſecond fault prendre garde que l'Egliſe n'a de prinſault oſté ceſte liberté & indifference de l'vne, ou des deux eſpeces au peuple. Mais s'eſtant abrogée par couſtume contraire, il n'appartenoit à des perſonnes par-ticulieres de la vouloir remettre ſus de leur propre & priuée auctorité : Ce qu'aucuns re-mueurs de meſnage voulans faire en boheme, l'Egliſe s'y eſt iuſtement oppoſée. Et conſideré les grands inconueniens que pourroit apporter ceſte permiſſion du Calice au peuple, n'a trou-ué bon de la donner, ayant l'Egliſe pouuoir de regler telle affaire qui n'eſt de droict diuin,

mais

mais ſeulement de police Eccleſiaſtique, où les paſteurs ſelon l'exigence des cas peuuent changer les loix, par la confeſſion meſmes de Caluin. Auſſi ce que dit S. Auguſtin, de la communiõ faicte apres ſouper par noſtre Seigneur, & remiſe au matin par les Apoſtres, pour eſtre faicte a ieun, Si noſtre Seigneur eut voulu que ce ſacrement ſe fut prins apres ſouper, *Credo quod cum morem itemo variaſſet*, Ie crois que perſonne n'eut changé ceſte couſtume: de meſme pouuons nous dire, Si Ieſus-Chriſt eut voulu, qu'il ſe fut pris ſur les deux eſpeces, il n'y euſt eu homme ſi oſé de changer ſon ordonnance: ce que neantmoins nous auõs entendu s'eſtre fait ſouuent dés le temps de la primitiue Egliſe.

Calu. lib. 4. inſt. C. 10. ſect. 31.

S. Augu. epi. 118.

ƺ *Demande.*

MOnſtrez qu'en aucune Egliſe ancienne, le ſeruice publiq ſe ſoit faict en langue non entenduë du peuple.

Reſponce.

L'Eſcripture nous fournira teſmoignages de cecy, qui ſeront ſuiuis de la praticque de toute l'Egliſe. Car premierement il eſt certain que les Pſeaumes de Dauid qui ont eſté compoſez en Hebreu ſe ſont chantez au téple non ſeulement deuant, mais apres la captiuité de Babilonne, en la meſme langue qu'ils auoient eſté cõpoſez: & neantmoins depuis que le peu-

D

ple fut de retour de Babilone, le lägage vulgaire des Iuifs n'estoit point Hebreu, mais Syria-
que, cöme le tesmoigne Tremellius sur le nou-
ueau Testamēt, Ainsi du tēps de nostre Seigneur
long temps deuant, le seruice se faisoit en autre langue que la vulgaire. Car Iesus-Christ en
l'office tant solemnel de sa passion, priant Dieu
son Pere en la Croix, chanta le Psalme vint &
vniéme en Hebreu, *eli, eli lāma sa baℓthani, Deus
meus, Deus meus, vt quid dereliquisti me.* Laquelle
priere tant s'en faut que le peuple assistant ait
entendu, que l'Euangeliste remarque expressement, que le peuple interpretoit, ce mot *d'éli,*
(qui signifie mon Dieu) du Prophete Elie, cöme s'il eust appellé Elie a son secours, dont aucuns disoient *Eliam vocat iste,* il appelle Elie: &
d'autres, laissez le, & voyons si Elie viēdra pour
le detacher de la croix. Au iour de la Pētecoste,
lors que le S. Esprit descendit sur les Apostres,
combien y auoit-il d'estrangers en Hierusalem
a cause de la feste, qui auoient tous vn langua-
ge different, comme il est porté par expres au
2. des actes: le seruice ne s'est faict pourtant en
langue cogneuë de tous ces peuples. Les Alex-
andrins du temps de S. Athanase & encores
dpuis parloient Ægiptien, & le seruice se faisoit en Grec en Alexandrie, tesmoing S. Hierosme, disant qu'ils se seruoient de la version
des septātes, corrigée par Origene. Nous trou-
uons en S. Cyprian & S. Augustin qu'en Affrique de leur temps la Messe se chātoit en Latin,
tesmoing le *sursum corda,* & le *gratias agamus,*

Tremell.
in nouu.
testam.

Psal. 21.

Mat. 27.
ver. 46.

act. 2.

S. Hier.
præfat in
lib. para-
lip.

S. Cyp.

dont ils font mention en plusieurs de leurs es-
cripts. La langue d'Affricque, neatmoins estoit
bien differente de la Latine. Le mesme S. Augustin escriuant a S. Hierosme de la version de la
Bible, qu'il auoit fait de l'Hebreu en Latin, ou
il auoit mis *cucurbita* en l'histoire de Ionas, au
lieu de *hedera*, que portoit la version ancienne,
dict que le peuple s'offensa tellement de ceste
nouueauté, contre son Euesque qui fit lire ceste
histoire de la version dudict S. Hierosme, que
s'il n'eust parlé beau, il estoit en danger de demeurer sas peuple. Ce qui mostre que le seruice
estoit fait en latin pour lors, encores que le latin ne se raportast aucunemét a la lague d'Affricque comme il appert de ce que S. Augustin
requert qu'vne certaine sienne confereçe te-
nuë en latin, fut traduicte au peuple en langue
Punicque. Aux mesmes Eglises d'Affricque, du
temps de Tertullian, & depuis du viuant de S.
Augustin, les Pseaumes de Dauid se chantoiēt
ordinairement: & au 3. concile de Carthage
sōt recitez les liures de l'escripture saincte qui
se lisoient publicquemét aux assemblées Chre-
stiennes: & n'y a aucun de nos reformez, qui
puisse monstrer que iamais les Pseaumes ayent
esté traduicts en lágage Affricquain. Il est aisé aussi a verifier de nostre Gaule, & des Espai-
gnes, que des le tēps des Apostres, ou peu aprés
la foy Chrestienne y a esté plantée, & plusieurs
Eglises dressées, ou la Messe se chātoit & autre
office diuin, mesmes les Pseaumes, & ne se
peut dire que deuāt ces derniers tēps, les Pseau-

de orat.
domi.
S. Augu-
in I ſal.
85.

S. Augu.
epiſt. 11.

epiſt. 137.

D 2

nes n'y autre office ayent esté chantez autrement qu'en latin, bref quoy que les Grecz &
Latins ayent eu leur langue propre, si ont ils
retenu en leur seruice des mots Hebreux, sans
les changer cõme *Alleluya & Amen*, & les Latins les retiennent encores auec le *Kyrie eleison*:
que si vne partie dı seruice se fait en lãgue estrã-
gere, pourquoy le tout ne se pourra il ainsi faire
es lieux ou la longue coustume est cõme passée
en loy? Qui voudra sçauoir d'auantage de ce cy,
lise la Chronologie de Genebrard sur la fin du
premier siecle, ou il est parlé de la succession
de la doctrine, & ce que nous en auons escript
en nostre Responce Catholique a deux moin-
nes Apostats.

4 Demande.

MOnstrez qu'aucune Eglise ancienne ait
empesché le peuple de lire l'escripture
saincte, comme cela n'est aucunement permis
sans priuilege special, es païs ou le Pape est absolument obey.

Responce.

CEste demande regarde non la foy, mais la
police de l'Eglise: & partant ores, que ce
qui est supposé par icelle, soit veritable, & que
ladicte deffence n'ait esté faicte qu'en ces derniers temps, veu toutes-fois les perils & dom-
mages qu'aporte aux idiots la lecture des escri-

tures, telle ordonnance eſt iuſte & raiſonnable
pour les cauſes & raiſons deduictes plus au lõg
en noſtre ſuſdicte reſponce. Au reſte la queſtiõ
eſt propoſée calomnieuſement en deux inſtan-
ces, l'vne, en ce qu'ils diſent ſimplement, que
nous deffendons au peuple de lire l'eſcripture
ſaincte, encores que la defence ne ſoit abſoluë,
mais ſeulement de la lire en langue vulgaire:
l'autre en ce qu'ils appellent priuilege ſpecial,
la permiſſion qui doibt s'obtenir de l'Eueſque
pour la pouuoir lire & garder en tel langage.
Car c'eſt autre choſe, vn priuilege & autre choſe vne permiſſion.

5 Demande.

MOnſtrez qu'en l'Egliſe ancienne le peuple
ait eſté inſtruit a prier ſans entendre ce
qu'il dit, parlant en langue non entenduë de celuy meſme qui prie.

Reſponce.

C'Eſt choſe aſſez aiſée. Car en premier lieu,
tous les ſacrifices qui s'offroient a Dieu
en l'ancien teſtament tenoiét enuers Dieu lieu
de prieres: Or la ſignification de ces ſacrifices
offerts en figure de la mort de Ieſus-Chriſt,
n'eſtoit congneuë que des Prophetes & autres
plus aduácez en la religiõ: Depuis le retour de
Babilonne, les Pſeaulmes de Dauid & les cantiques des Prophetes ſe chantoient & recitoiét

communement en Hebreu comme encores auiourd'huy ils se chantent en tous les lieux ou les
Iuifs ont des Synagogues: & toutes-fois l'Hebreu n'a esté depuis ce temps la langue vulgaire, mais la Syraicque iusques a la ruine de Hierusalem par Tite & Vaspasian, & depuis la langue des lieux ou ils ont esté dispersez: Les petits
enfans chantans *Osanna* a l'entrée que fit le filz

Mat. 21.
de Dieu en Hierusalem , a vostre aduis enten-
doient ils ce qu'ils disoient? leur loüange neantmoins est si bien receuë de nostre Seigneur, que
les Pharisiens les voulans empescher, il print
leur cause en main & allegua contre-eux ce qui
est au Psalme huictiesme. *ex ore infantium & la-*

Psal. 8.
ctentium perfecisti laudem. Tu as tiré vne loüange
parfaicte de la bouche des petits enfans suchāts
encores la mammelle, qui est vn troisiéme tesmoignage de l'escripture, monstrāt a tous qu'il
n'est de necessité, que celuy qui prie, entende
ce qu'il dit: Aussi S. Pol en la premiere aux Co-
rinthiens 14. ne dit-il pas, *si oram lingua, spiritus*

1 Corint.
14.
meus orat, meus autem mẽa sine fructu est: si ie prie
de langue (incogneuë assauoir) mon esprit prie,
mais mon intelligence est sans fruict, & deuāt:
Celuy qui parle de langue (incognuë) s'edifie
luy mesme , & plus bas, si tu benis d'esprit tu
rends bien graces a Dieu, mais vn autre n'est
point edifié. Il ne reiecte point donc totallemēt
la priere qui se fait en langue incognuë, mais il
dit qu'elle n'est de telle edification, entendant
parler des langues du tout barbares ou n'y celuy
qui prie n'y les assistans n'entendent rien du

tout: & monſtre cè pendant que qui prie ainſi,
s'edifie luy meſme & rend bien graces a Dieu.
Origene a ce propos apórte la comparaiſon de
la medecine, de laquelle on ſent l'operation nõ
a l'inſtant qu'elle eſt priſe, mais peu apres, quãd
la vertu a paſſé aux parties mal affectées & fait
ſa purgation, *hoc modo credendum eſt de ſcriptura
ſancta, quia vtilis eſt, & anime prodeſt etiamſi ſenſus noſter ad præſens intelligentiam non capit, quoniã
& bonæ virtutes quæ nobis adſunt (id eſt boni an-
geli) reficiuntur his ſermonibus & paſcuntur, & cõ-
traria torpeſcunt.* Ainſi faut il croire que l'eſcriture ſaincte profite a noſtre ame, encores que
preſentemẽt en la liſant nous n'en ayons le ſen-
timent n'y l'intelligence, parce que les vertus
(c'eſt a dire les bons Anges) qui ſont pres de
nous s'y delectẽt & en ſõt repeus, & les puiſ-
ſances aduerſaires ſont affoiblies. S. Monicque
mere de S. Auguſtin eſtoit ſi bien accouſtumée
d'oüir chãter les Hymnes ecleſiaſtiques latines
qu'elle les ſçauoit par cœur, ſi bien qu'vn iour
elle termina vne diſpute de S. Auguſtin ou elle
ſe trouua preſente, par certains vers de S. Ambroiſe qu'elle allegua fort a propos, le Latin
toutes fois ne fut iamais le langage maternel
d'Affrique dõt elle eſtoit, & ou elle auoit veſ-
cu toute ſa vie. Voila doncque l'vſage de prier
en langue incogneuë, aſſez bien verifié. Auſſi
eſt- il a remarquer que la vertu de l'oraiſon giſt
non en l'intelligence, mais en vne ſaincte affection, qui ſouuent ſe retrouuera pluſtoſt aux
ſimples & ignorãs, qu'aux plus ſçauans: ioinct

Origen.
homil. 2õ
in Ioſu.

S. Augu.
lib. de
beata vi-
ta

que pour les prieres particulieres, il ne fut iamais defendu prier en langue vulgaire : il s'en
fait tous les iours des liures : outre celles que
chacun se peult forger & se forge tous les iours
à sa deuotion : aussi que bien souuent cela se fait
de cœur & d'affection, & sans parolle, & Dieu
regarde plustost le cœur, que toutes les oraisõs
vocalles, que nous sçaurions luy presenter.

6 Demande.

Monstrez qu'en l'Eglise anciẽne on ait fait
des images de Dieu, & representations de
la Trinité en pierre ou en peinture.

Responce.

COmme la doctrine d'vn seul Dieu a tousiours esté reçeuë entre les fideles de l'ancien Testament, aussi a esté la foy & croyance
de la saincte Trinité tousiours preschée en l'E-
glise, depuis Iesus-Christ iusques a nous : quãt
aux images de Dieu faictes non pour represẽter
la diuinité, (qui ne se peut exprimer par aucun
pourtraict n'y sẽblance des choses corporelles,
Esa.40. ainsi le protestãt Dieu par son Prophete Esaye,
*Cui similem fecistis Deum, aut quam imaginem ponetis
ei?*) mais pour monstrer en quelle forme il luy
a pleu se manifester aux hommes : telles images
(dis-ie) sont fort anciennes en l'Eglise. Car en
premier lieu nul ne peult doubter que l'image
de Iesus-Christ vray Dieu & vray hõme, n'ait
esté

esté faicte des le temps des Apoftres, puis-que
Mammea l'auoit en fon cabinet, car d'ou l'auroit elle tiré finõ de l'vfage des Chreftiens, gar-
dans par deuers eux telles images? l'hiftoire eſt
affez cõmune, & atteftée par anciés Autheurs,
du pourtraict de Iefus-Chrift enuoyé a Abaga-
rus. Eufebe racompte auffi le beau miracle qui
fe faifoit en la ville, d'Edeffa a l'image de Iefus-
Chrift tirée en bronce par la femme qui fut de
luy guarie du flux de fang. Et Tertullian nous
tefmoigne, qu'aux Calices des Eglifes le mefme
Iefus-Chrift eftoit dépeint foubz la forme d'vn
Pafteur raportant la brebis fur fes efpaules. S.
Athanafe recite l'iftoire d'vn Crucefix qui frap-
pé par outrage des Iuifs, iecta vne abondãce de
fang, comme il eſt raporté au 2. Concile de Ni-
cée act. 4. Vous auez au mefmé Concile cõme
Iefus-Chrift eftoit depeint en forme D'agneau
aux Eglifes, pour monftrer qu'il eftoit le vray
Agneau, duquel auoit parlé S. Iean Baptifte, le
mõftrãt au doigt & difãt, *ecce agnus Dei, ecce qui
tollit peccata mundi:* Et le S. efprit, au raport dudit
Concile, eftoit peint en forme de Colõbe. Que
fi les anciens ont eu les images de Iefus-Chrift
en forme humaine, qu'il s'eft vni perfõnellemẽt
a fa diuinité, pour accomplir l'œuure de noftre
redemption, & celle du S. Efprit en forme de
Colombe, en laquelle il parut fur Iefus-Chrift
en fon baptefme, pourquoy ne nous fera-il loi-
fible de reprefenter Dieu le Pere en forme
de vieillard affis fur vn throfne, comme il
s'eft manifefté a Daniel : *Throni pofiti funt, &*

Lamprid
in fauer.
Euagr.
Lib. 4.
C. 26.
Eufeb.
lib. 7.
C. 14.
fofom.
Lib. 5.
C. 20.
Tertul.
Lib. de
pudicit.
C. 10.

S. Atha.

Act. 4.
7. Concil.
genet.

ibid.
Ioh. 1.

Act. 7.
Concil.
nic. I obe
1. Mat. 3.

Dan. 7.

E

*antiquus dierum sedit: vestimentum eius candidū quasi
nix & capilli capitis eius quasi lana mūda.* Les throf-
nes ont esté posez, & l'ācien des iouts s'est assis
só vestemēt estoit blāc cōme la neige, & les che-
ueux de sa teste, cōme laine pure. Car (ce que
disoit iadis Simonides de la poësie) qu'est-ce autre chose l'écripture sinō vne peinture parlante,
& la peinture sinō vne escriptnre muette? il a esté, & est loisible de peindre ces trois personnes
separémēt en la forme, qu'ils se sont apparus aux
hōmes, & pourquoy ne pourrōs nous les representer ainsi toutes trois ensemble: le S. Euesque

Theod.
Lib. 2.
C. 31.

Meletius estant empesché par les Arriens d'an-
noncer de parolles, & enseigner a son peuple ce
qu'il croyoit du mystere de la saincte Trinité,
le feit auec la main, monstrāt tantost vn doigt,
pour signifier l'vnité de lessence diuine, tantost
trois, pour representer la trinité de personnes:
Et pourquoy ne nous fera-il permis faire le mesme par peinture? Les heresies ont donné subie& à
a l'Eglise dintroduire plusieurs choses tres-yti-
les, non pour enseigner vne autre foy que celle
qui nous a esté annoncée par les Apostres, mais
pour en faire vne plus ample & particuliere declaration, & la mieux grauer dedans l'ame des
croyants. Ainsi pour nous imprimer la croyance de Iesus-Christ crucifié tenu pour folie des

1. Corit 1

gentils & scandale aux Iuifs, cōme parle l'Apostre, elle nous a apris a faire le signe de la croix:
contre les contempreurs de la saincte Eucharistie elle a instrué vne feste solemnelle & publi-

Trith. in

que ou le sainct Sacremént est porté auec reue-

rence en proceſſion en memoire des benefices chron.
reçeuz par la communication du corps & ſang Geneb. in
de Ieſus-Chriſt, par laquelle, ſa bien-heureuſe rib. 4.
mort nous eſt annócée & les fruicts d'icelle có-
ferez. Ainſi pour ne mettre iamais en oubi le
premier article de noſtre croyance, d'vn ſeul
Dieu en trois perſonnes, non contente que les
Apoſtres l'ont aſſez clairement couché en leur
ſymbole & que par l'ordónáce de Ieſus-Chriſt
il eſt inuocqué en noſtre bapteſme, a inſtitué
certaine feſte, pour en celebrer la memoire &
faire profeſſion plus expreſſe, & fait chanter en
l'honneur de la ſaincte Trinité, le *Gloria patri*, en
la fin de chacun Pſalme, bref a permis ce miſte-
re eſtre repreſenté a la veüe du peuple, par l'ex-
preſſion des trois perſonnes pour ſeruir d'inſtru-
ctió aux ſimples & de tableau réſpectueux aux
plus aduancez qui ne contreuient en façon que
ce ſoit a la parolle de Dieu, mais ſert a exciter la
pieté & deuotion d'vn chacun.

7   *Demande.*

MOnſtrez qu'aucune Egliſe ait rendu ſeruice aux images des creatures, les baiſāt,
veſtant, s'agenouillant deuant elles, leur portāt
offrandes.

Reſponce.

IE commenceray par S. Baſile, qui eſcriuant a S. Baſ.
Iulian l'apoſtat & faiſant profeſſió de ſa foy, epiſt. ad

Iul. apt.
4. Conci.
nice. 2.

Greg.
nyſ orat.
de S. Th.
...

ie crois (dit-il) vn ſeul Dieu, i'honore les Apoſtres, martyrs, & prophetes, & fais honneur à leurs images, me proſternant deuant elles. Car les Apoſtres ne nous défendent point cela: par toutes les Egliſes nous dreſſons leurs hiſtoires. Son frere Gregoire de Niſſe racompte les peintures qui de ſon temps ſe faiſoiét aux Temples des martys, ou eſtoient d'eſcripts leur vie, faits & combats endurez pour Ieſus-Chriſt, & dit que ſi quelqu'vn s'approchant de leurs ſepulchres, pouuoit racler quelque peu de la pouſſiere qui eſtoit deſſus, il faiſoit eſtat de cela cóme d'vn grand preſent, & ayant ce bó heur de toucher les reliques d'vn martyr, les embraſſoit comme s'il euſt tenu le corps du martyr viuant, il les baiſoit les approchoit de ſes yeux, de ſon nez, de ſes oreilles, iectát vne riuiere de l'armes & ſe recommandant a leurs prieres. Vous auez vne belle ſentence de ſainct Iſidore diſciple de S. Iean Chriſoſth. recitée au 7. concile general. *Templi nulla ratio, quod nõ ornatur imagine.* On ne

7. Cócil.
Nicen.
Theod.
hiſt. Rel.
C. 26.

doit faire aucun eſtat d'vn téple qui n'eſt orné d'image. Theodoret racópte en ſó hiſtoire religieuſe, que Simeõ Stilites fut de ſó téps en telle reputation en la ville de Rome, qu'aux porches & entrées de toutes les bouticques, ils y poſoiét ſó image, eſtimáts par ce moyen eſtre preſeruez de tous maux. *Hinc ſibi præſidiũ & tutelã parates.*

Greg. na
Ora. i. in
Iulianũ.

S. Gregoire de Nanzianſe cópagnon de S. Baſile le grand, a en telle eſtime les reliques des ſaincts, qu'il nous aſſeure que les oſſements des martyrs peuuent autát que leurs ames ſainctes

soit qu'ils soient touchez, soit qu'on leur face
honneur: & les goutelettes de sang, & autres
marques de leur passion autant que les corps:
prenez garde a ce qu'il dit, que les marques de
la passion d'vn martyr, ont autant de puissance
que le corps mesme: l'image donc d'vn martyr
merite hôneur côme le corps du martyr. Leon-
tius Euesque de Naples en sa dispute côtre les
Iuifs, plaide bien au long la cause des images &
nous dit entre autres choses, que comme Iacob
recepuant la robbe de Ioseph toute sanglante
des mains de ses enfans, la baisa comme s'il eut
tenu son filz entre ses mains, monstrant par ce
baiser l'amour qu'il portoit a son filz Ioseph.
Ainsi nous autres Chrestiens, tenans l'image de
Iesus-Christ, ou d'vn Apostre, ou d'vn martyr,
& les baisans, nous le faisons comme si c'estoit
Iesus-Christ ou vn martyr en propre personne:
aussi S. Athanase & S. Basile disent a ce propos,
que regardât l'image d'vn Roy nous disôs voila
le Roy, & honorant ceste image nous honorôs
le Roy, demesme qui honore l'image de S. Pierre, ne s'arreste n'y au bois n'y a la peinture, mais
a celuy qui nous est representé par ceste image.
Et de fait l'escriture nous aprend a parler ainsi.
Chacun sçait le songe qu'eut Ioseph des vnze
estoilles du Soleil & de la Lune qui l'adoroiét,
prophetie que ses Pere, mere & freres l'adore-
roient sur terre. L'effet de ceste prophetie pour
l'adoratiõ du pere n'est point raporté en la Genese, mais par S. Pol en sõ epistre aux Hebreux,
qui dit que Iacob mourât benist par foy chacũ

Leõt. lib.
5 apolog.
prochri-
stianis.
act. 4 2.
nicen cõ-
cil. Gen.
37.

Euef. 37.

Heb. 11.

des enfans de Ioſeph & adora le bout de ſa verge & ſceptre Royal, cōme ſi l'Apoſtre eut voulu dire, qu'adorāt ceſte verge il auoit adoré Ioſeph, de meſme que honorant & ſaluāt les images des ſaints nous pretendōs leur faire hōneur.
Pour les veſtemēs des ſaints, ſi ils leur eſtoient
donnez par indigence, comme nous auons ac-
couſtume les porter, il y auroit de la ſuperſtitiō,
de laquelle il faudroit deſtourner les ſimples:
mais d'aultant que c'eſt pour marque de gloire
de laquelle ils ſont iouïſſāts auec Dieu, on ne les
pœult iuſtement blaſmer, veu que l'eſcripture
promect a ceux qui craignent Dieu, qu'ils ſerōt
reüeſtus de l'eſtoile de gloire, & les anges auſſi bien que les ſaincts martyrs, ſelon S. Marc, &
S. Iean ſont reueſtus de robbe blanche, & la fil-
le du Roy, ceſt a dire l'amē bien-heureuſe ſera
couuerte d'vn habit doré brodé de diuers cou-
leurs. *In veſtitu deaurato circumdata varietate.*

Mar.16
apocal.4
6. 7.
Pſal. 44

8 Demande.

MOnſtrez que l'ācienne Egliſe ait creu que
la viergé Mārie eſt couronnée Roine du
Ciel, & Dame du monde, comme cela eſt peint
par les Egliſes.

Reſponce.

Math.5
apocali.3

CEſt merueille que meſſieurs les Reformez
qui font tant les entenduz aux ſainctes eſcriptures, ne ſe ſouuiēnent icy que le Royaumę

des cieux eſt promis tant ſouuent aux bons ſer-
uiteurs de Dieu? Que ſi d'autres qui ont fait ſeruice a Dieu, le poſſedēt pourquoy non la ſacrée
Vierge? elle dis-ie qui eſt mere de Dieu, mere *Timot.2*
du Roy des Rois? S. Pol nous dit que ſi nous
endurons auec Ieſus-Chriſt, nous regnerons a- *Euc 2.*
uec luy: la Vierge doncq ayant cōpati auec luy,
de telle ſorte que ſelō la Prophetie de S. Simeō,
le glaiue de douleur a tranſpercé ſon ame, qui
peut doubter qu'elle ne ſoit regnante auec luy? *apocal.4*
en l'Apocalipſe 4. les vingt-quatre anciens por-
tent les couronnes ſur leur teſtes, pourquoy en- *Sap.3.*
uierons nous la couronne royalle a la Vierge? au
liure de la ſapience, les iuſtes iugerōt les natiōs,
commanderont & ſerōt ſeigneurs des peuples,
& pourquoy ne ditōs nous la Vierge, eſtre Dame du monde qui a eſté ſaluée, pleine de grace,
beniſte entre les femmes, & n'a oncques eſté
ſoüillée d'aucun peché. Comme Dieu le Pere
diſoit a ſon filz, *poſtula a me & dabo tibi gētes*, &c. *Pſal. 2.*
demande moy & ie te donneray pour ton heri-
tage les nations, & pour ta poſſeſsion les bouts
de la terre, tu les gouuerneras auec ta verge de
fer & les briſeras cōme le vaiſſeau d'vn potier. *apocal.2*
De meſme dit Ieſus-Chriſt, A celuy qui aura
vaincu & gardé mes œuures iuſques a la fin, ie
donneray puiſſance ſur les nations & les regira
auec la verge de fer & ils ſeront briſez cōme le
pot d'vn potier, ainſi que i'ay reçeu de mō Pere. Voila Ieſus-Chriſt qui nous promet que la
puiſſáce qu'il a reçeu de ſon pere pour ſeigneu-
rier par tout le monde, il la donnera a tous ceux

qui garderont ſes cõmandemens:Et pourquoy
ne l'aura il donné a ſa cheré mere?elle eſt doncq̃
ſelon l'eſcripture roine du Ciel, & Dame du
mõde:& a touſiours eſté recongnuë pour telle,
par toute l'Egliſe.S.Athanaſe l'appelle ainſi par
cinq fois *oratio. de deipara*. Ainſi Ephrem qui viuoit ſoubs Valens enuiron l'an 370. l'appellé
Roine de tout le mondé, l'eſperance des deſ-
eſperez, la paix, la ioye, & le ſalut du monde, S.
Auguſtin luy demande, que par ſes prieres elle
nous obtiéne la remiſſiõ de nos pechez, l'apelle
l'antidot de recõciliation. S. Cyrille luy dõne
pres-que meſmes tiltres, que ceux qui ſõt donnez a Ieſus-Chriſt; Par toy (luy dit-il)la ſainte
Trinité eſt ſanctifiée, par toy la croix eſt dicte
precieuſe, par toy le ciel eſt en ioye, les Anges
ſe reſioüiſſent, les Diables ſont chaſſez, l'hõme
eſt appellé en la vie, tous idolatres ſont cõuer-
tis a la cognoiſſance de la verité, les fidelz ſont
venus au S. Bapteſme. Ie paſſe les autres loüages
dont tous les Peres ont orné la ſacrée Vierge,
cela eſtant plus que ſuffiſãt, pour vous mõſtrer
que ceſt a tort que vous indignez de l'honneur
que apres les Apoſtres & l'ãcienne Egliſe nous
luy rendons. Voyez les liturgies de S. Iacques,
S. Baſile, & S, Iean Chriſoſth. vous ne trouue-
rien plus frequent que ces epithetes de dame,
Roine & dominatrice, donnez a la Vierge.

9 Demande.

MOnſtrez que l'Egliſe ancienne ait donné
aux ſaints diuerſes charges, a l'vn ſur vn

Ãthan.
orat. de
deipar.
s.Ephre.
de laudi-
b' deipa.
S.Augu.
ſer.18 de
ſancti.
S.Cyril.
homil.6.
cõtr.neſt.

Liturg.
s.Iacob.
S.Baſil.
Chriſoſt.

païs, a l'autre ſur vne maladie, a l'autre ſur vn
meſtier.

Reſponce.

Ceſte demande eſt calomnieuſe en ce qu'ils
ſuppoſẽt, que ceſte diſtribution de charges ait eſté faite par l'Egliſe : dequoy il ne ſe
peut mõſtrer aucuñe ordõnance : & auſſi qu'ils
feignent ne ſçauoir que cela eſt naturel a vn
chacun, d'eſtre plus enclin abien vouloir, a ceux
qui nous touchent de plus pres, ſoit pour eſtre
iſſus de nous, ou pour auoir reçeu de nous in-
ſtructiõ, ou nous eſtre autremẽt plus affection-
nez : auſſi les Prophetes ordinairement faiſoiẽt
mention d'Abraham, & des autres patriarches
en leurs prieres, eſperants eſtre aidez de leur faueur. Et par le cõmandement de Dieu le grand
Prebſtre entrãt au ſanctuaire portoit ſur ſes ha-
bits douze pierres precieuſes, ou eſtoiẽt grauez
les nõs des douze patriarches. Pourquoy cela,
ie vous ſupplie, ſinon pour monſtrer qu'ils deb-
uoient attendre aſſiſtence de ces ſaints patriarches, deſquels les nõs eſtoient preſentez deuãt
Dieu ? Auſſi a ce propos noſtre Seigneur diſoit
aux iuifs, qu'ils auoient eſperance en Moyſe,
Moyſes in quo ſperatis : S. Pierre proche de ſa mort
promectoit a ceux qu'il auoit conuerty, d'auoir
memoire d'eux apres ſa mort, a ce qu'ils n'ou-
bliaſſent les bons enſeignemens qu'ils auoient
reçeu de luy. Que ſi les Apoſtres eſtants au mõde ont tant trauaillé pour les Egliſes, qu'ils ont

Deut. 32
Dani. 3.

Exod. 28
C. 39.

Iob. 7.

2. Petr. 1.

1. Timoth.

F

1.Corint. dreſſées que S. Pol diſoit *quotidie morior per ve-*
ſtram gloriam, & ailleurs, *Omnia ſuſtineo propter ele-*
ctos. Ie mœurs tous les iours pour voſtre gloire
& i'endure toutes choſes pour les eſleuz:apres
leur mort nous auront il mis en oubly? Ils ne re-
ſemblent point, dit le deuot S. Benard au ſom-
melier de Pharaon, lequel eſtant remis en ſon e-
ſtat, oublia le pauure Ioſeph à la priſon : Il fait
beau voir ce qu'eſcript diuinement S. Ambroiſe. Que Dieu a voulu qu'il y eut des martyrs
par tout le monde, & en diuers lieux, affin que
nous euſſions des teſmoings & des patrons par
tout? Car combien que les bien-heureux pro-
fitent à tous, plus ſpeciallemēt toutes fois ceux
là prient & intercedent pour nous, qui ont eſ-
pandu leur ſãg pour nous,& deſquels nous poſ-
ſedons les reliques. Car (dit-il ailleurs) les reliques que nous auons chez nous, nous ſont cōme vn gage & aſſeurance de l'aide & confort
qu'ils nous donnent. *Ipſo corporis pignore, quoddã*
nobis videmur eorum patrocinium vendicare. Qui
peut dōc trouuer mauuais, ſi nous prenōs pour
patrons les ſaints martyrs, qui par leur mort
glorieuſe & ſainte vie, ont iluſtré noſtre patrie,
& nous ont engēdré a Ieſus-chriſt, ou du moins
inſtruits en la foy. Liſez S. Hieroſme ſur le 10.
de Daniel, il vous aprendra, que les anges ſont
diſtribuez par les Royaumes & prouinces, autres ayãts charge ſur la Iudée,autres ſur les Per-
ſes, autres ſur les Grecs: & prouue ſon dire, par
ce qui ſe lit au Deuteronome. *Quando diuidebat*
altiſſimus gentes, & deſſeminabat filios adam, ſtatuit

S.Bern.
ſerus.5.de
omnibus
ſanctis.
S.Ambr.
ſer.77.

idem lib.
de yſd..

S. Hier.
in C. 10.
Daniel.
Deuter.
32.ſcōd.
70.

termines gentium iuxta numerū angelorū Dei. Quãd
Dieu diuisoit les peuples & espardoit les enfãs
d'Adam, il a estably les bornes des nations, selõ
le nombre des anges de Dieu, c'est a dire, cõme
il l'interprete il a estably vn Archange sur chas-
que nation pour en prendre la charge, & dit
que S. Pol a entendu parler d'eux, quand il escript, nous parlons la sagesse entre les parfaits,
laquelle aucun des Princes de ce siecle n'a con-
gneu: & Daniel les a apellez premiers Princes:
Ecce Michael vnus ex principibus primis venit in adiu-
torium mihi. Voicy Michel l'vn des premiers Prin- *Dan.10*
ces est venu en mon aide. Theodoret en escript
de mesmes sur Daniel en ce lieu, & en la que-
stiõ troisiéme sur la Genese. *& clemēts allexãdrin*
lib.6.scro Il n'est dõc incõueniēt que aucūs saints
ayét charge sur vne prouince, autre sur d'autres.
Quãt aux guarisõs faites par l'aide des saints, ie
m'estõne qu'ils ne se resouuiénét de ce qui est
escrit en S. Pol, que a l'vn est dõné la parolle de *1.Corit.2*
sapience par lesprit, a l'autre la parolle de sciéce
selon le mesme esprit, a l'autre la foy au mesme
esprit, a l'autre la grace des guarisons, a l'autre
l'operatiõ des vertus. Et plus bas, *nunquid omnes* *1.Cori.*
habent gratiã curationum. Tous ont ils la grace des *12.*
guarisõs tous parlét ils les lãgues: Dieu distribue *16.Scro*
ainsi ses graces en ce monde a ses seruiteurs, & *mascū*
pourquoy apres ceste vie leur osterons nous ce
que Dieu leur a dõné: pourquoy aucūs saints ne
feront ils recerchez pour certaines maladies &
d'autres pour autres? veu que l'experience nous
aprend les soulageméts que les fidelles en reçoi-

Theod.
lib. 8.
de curat.
gra. af-
fectionū.
S. Augu.
lib. 9. cof.
Chap. 7.
epist. 137.

uët, Dieu voulant par ces œuures ainsi honorer ses saints? Theodoret en son huictiesme liure de *Græcarum affectionum curatione*, tesmoigne les diuerses guarisons qui se faisoient aux sepulchres des martyrs. S. Augustin vous en dira autãt des reliques de S. Prothais & de S. Estienne. Il racõpte aussi en ses epistres, qu'vn de ses prebstres estant deferé de quelque grand crime, lequel estoit tres-difficile à descouurir, pour en auoir reuelatiõ par quelque miracle, il enuoya l'accusateur & l'accusé au sepulchre de S. Fœlix, affin que pour la reueréce du lieu ils fussét cõtraints de dire la verité, comme il auoit veu a Milan qu'vn certain estãt amené au tõbeau de S. Geruais & S. Prothais martyrs se voulant pariurer pour nier le larrecin, fut cõtraint le confesser & rendre ce qu'il auoit desrobbé. Et adiouste que ce n'est a nous, de nous enquerir de ces choses qui se voient a l'œil, pourquoy en vn lieu tels miracles se font & ne se font point en vn autre. Car (dit-il) l'Affrique n'est elle point pleine de corps de martyrs? & toutes-fois nous sçauons bien que telles merueilles ne se font point par-deça. Car comme au dire de l'Apostre tous les

I. Corint.
12.

saints n'ont point les dõs des guarisons, & tous n'ont point les dõs de discerner les esprits: Ainsi celuy qui distribuë ses dons à qui il luy plaist, n'a point voulu que ces choses se fissent en toutes les Memoires des saints: voyez comme ce S. Pere, tant de siecles deuãt que vous fussiez nez, respond a vostre demãde pour le regard des maladies guaries plustost par vn saint que par vn

autre, & que pour ceſt effect les pellerinages ſe
faiſoient en ce téps là aux memoires des ſaints.
Vous direz que les guariſós miraculeuſes qui s'i
font ſont illuſions diaboliques : car ceſt voſtre
iargon ordinaire. Autant en ont dit de leur téps
les Arriens aux Catholiques: mais auſſi prenez
la reſponce que leur faiſoit S. Ambroiſe. Puis- S.Ambr.
que vous enuiez ceſt hóneur aux ſaints martyrs *epi. 19.*
vous monſtrez ne croirie en la foy pour laquelle ils ſót morts. Pour les meſtiers qui ont diuers
Patrons, il eſt tout notoire, qu'ils les ont choi-
ſi a leur deuotion, & non par inſtitution ou diſpoſition ecleſiaſtique, bien eſt-il vray que l'E-
gliſe void cela, & le tolere en tant que ce n'eſt
choſe contreuenante n'y a la foy, n'y aux bónes
mœurs de s'aſſébler en l'Egliſe pour ſe recommander a Dieu & employer l'interceſſion des
ſaints, pourueu que tous autres abus en ſoient
dehors, comme elle taſche par tous moyens
de les oſter.

10 Demande.

MOnſtrez que l'anciéne Egliſe ait creu, que
le Pape peut dóner & oſter les Royaumes
& diſpenſer les ſubiects du ſerment de fidelité:
Canonizer les ſaints, diſpenſer les vœux & pro-
meſſes faictes a Dieu.

Reſponce.

LA premiere partie, de la puiſſance du Pape
ſur les Royaumes & de la diſpenſe du ſer

mẽt de fidelité, n'eſtant matiere de foy, eſt im-
pertinente en ce lieu. De la canonization des
ſains,nous diſons briefuemẽt, ores que la primitiue Egliſe n'ait gardé du tout la forme qui
ſe garde auiourd'huy, ſi eſt-ce que deuãt qu'aucun fut mis au rolle des ſaints, il falloit que ſa
ſainĉteté fut deuëmẽt auerée. Pour cela S. Clement diſciple de S. Pierre ordonna ſept notaires

Damaſ.
in vita
Clem C.
tom.1.cõ.

a Rome, dont ſont deſcendus les prothenotai-
res qui ſont encores auiourd'huy, pour remarquer les combats & heureuſes morts des martyrs. Ce qu'eſtant reporté au Pape, auſſi toſt ils
eſtoient mis au cathalogue, & venerez par les
peuples. La meſme ordonnance fut rafreſchie

idẽ Da.
in ſabia.

par le Pape Fabian, qui adiouſta par deſſus les
ſept notaires, ſept ſoubz diacres & autant de
diacres pour preſider aux ſept quartiers ou re-
giõs de la ville, & prẽdre garde a ce que le tout
fut fidellement redigé par eſcript: & par appa-
rence c'eſtoiẽt ceux la qui en faiſoient le raport

tom. 1.
concili.

au Pape. En la vie du Pape Antherus, qui a veſ-
cu entre ces deux, il eſt expreſſemẽt remarqué,
qu'il a fait vne diligente recherche des geſtes
des martyrs, & les a ſerrez aux archiues de l'E-
gliſe. Telle eſtoit la forme ancienne de canonizer les ſaints. Car a quel propos vne recherche
ſi exacte, ſinõ pour examiner les merites des vns
& des autres, & ou ils ſeroient trouuez eſtre
morts en l'Egliſe pour Ieſus-Chriſt, les metre
au nombre des vrays martyrs & les ſeparer des
faux martyrs que les ennemis de la foy vouloiẽt
ranger en ceſt ordre. Pour la meſme raiſon. S.

Cyprian abfent de la ville, pour la perfecutio̅ mandoit a son clergé de remarquer le iour que mouroient iceux qui estoient prisonniers, pour la foy, affin quil peut celebrer leur memoire a̅uec les autres martyrs. *Dies eoru̅, quibus excedunt, annotate, vt co̅memorationes eoru̅ inter memorias martyrum celebrare possimus.* Et au mesme lieu, loüe vn certain Tertullius du bon debuoir qu'il faisoit de luy signifier telles choses. Il auoit ce soin, pource q̅ c'estoit a faire aux Euesques de declarer ceux qui estoie̅t vrayment martyrs, & les faire honorer du peuple. Car ne pensez pas, que si tost la mort aduenuë d'vn martyr, il fut tenu pour tel : il falloit que la cause de sa mort eust esté au parauant examinée & attestée par bons tesmoings, & puis l'approbatio̅ de l'Eglise ou de l'Euesque interuenante, ils estoient mis au ra̅g des saints ; nous auo̅s de cecy vn tres beau tesmoignage en Optat mileuitain, d'vn certain qui estoit mort pour la foy, & pour-ce que Lucille feme riche & puissa̅te baisoit & honoroit ses ossements deuant qu'il eust esté canonizé & approuué saint, en ayant esté reprise, se separa de l'Eglise & fut en partie cause de la reuolte des Donatistes. *Ante spiritalem cibum & potum, os nescio cuius martyris, si tamen martyris libare dicebatur, & cum praeponeret calici salutari os nescio cuius hominis mortui, & si martyris, sed nondum vindicati, correpta cu̅ co̅fusione, irata discessit.* Entenda̅t par le martyr *nondum vindicatum*, non encores affranchy, celuy qui n'auoit encores esté canonizé. Aux actes de la conference tenue entre les

S. Cypri. epis. 3. lib. 3.

ibid.

Optatus lib. 2. co̅tr. donatis.

Catholiques & Donatistes a Carthage, ou estoit present S. Augustin, il est raporté que certains Catholiques du temps de Diocletian (qui faisoit recherche des liures sacrez pour les brusler) pour auoir subiet d'endurer le martyre, allerent se presenter a ceux qui faisoiét ceste recherche, disats auoir lesdits liures, mais qu'ils ne les liureroient point. Dautres chargez de debtes cerchoient ainsi occasion ou de mourir ou d'estre emprisonez par les ennemis de la foy. Lesquels Mensurius lors Euesque de Carthage deffendit d'honnorer comme marthyrs, *a quibus honorandis Mensurius prohibiut Christianos* : Ce qui monstre le soing qu'ont tousiours aporté les Euesques a ce que nul ne fut mis & nombré entre les martyrs qui n'eust iustement merité ce tiltre. Et au mesme lieu *secundus Tigisitanus* escript, qu'il feit entoller au cathalogue des martyrs ceux de son clergé & diocése, qui auoient mieux aimé endurer la mort que de metre entre les mains des infideles, les liures & autres meubles appartenáts a l'Eglise Que si l'on a tousiours aporté tát de diligence a examiner la cause de ceux qui mouroient pour Iesus Christ, deuant que permetre qu'ils fussent tenus pour saints martyrs, qui pourra trouuer mauuais, si maintenant que l'Eglise est en repos, & n'est trauaillée de persecutions, deuant que quelqu'vn puisse estre mis au rolle & Canõ des saints, sa vie & ses miracles sont examinez? Et si estant l'affaire de telle importance qu'elle regarde le general de l'Eglise, Le Pape de Rome, qui en est le chief, s'en reserue la

collat. 3.
dicti
tom. 7.
operio
S. Augu.

ibid.

hé la cognoissance? Oüy mais direz vous, ceux
qui ont esté canonizez par S. Cypriã & aux téps Obiectiõ
ensuiuants en Affrique: les martyrs de la Gaul-
le, ceux d'Egipte & des autres Eglises Oriëtal-
les, desquels fait mention Eusebe, ne l'õt point Euseb. in
esté par le Pape de Rome. Il est vray. Car les Historia
ordonnances de S. Clément & Fabian n'estoiët Ecclesia.
que pour ceux qui mouroient a Rome : mais Responce
aussi faut-il cõsiderer deux choses. La premiere
que lors, ceux qui estoiët mis au Cathalogue
des saints estbiët pour la plus-part martyrs, des
gestes desquels les Euesques des lieux pouuoiët
mieux iuger que le Pape de Rome, qui estoit
plus esloigné. L'autre que ceux qui estoient canonizez par les prouïnces n'estoiët cogneuz n'y
hõnorez que aux lieux ou ils auoient enduré.
Mais depuis qu'ils estoiët mis au Martyrologe
Romain, ils estoient receuz pour tels par toute
la Chrestienté. Aussi le premier Martyrologe
a esté celuy de Rome, qui ayant pris son commencement des actes Eclesiastiques des mar- L'origi-
tyrs de S. Clement, fut augmenté des martyrs ne des
de l'Orient & des autres prouinces, par le la- marty-
beur & diligence de S. Hierosme cõmis a cela rologues.
par le Pape Damasus : les autres qui ont esté
faits depuis, ont esté dressez sur celuy là. Et
quant les Euesques des autres lieux ont voulu
sçauoir au vray le Cathalogue des saints, ils l'õt
apris de ce Martyrologe. S. Gregoire nous S. Greg.
monstre cecy en ses epistres, lequel requis par epist. 20.
lettres de Eulogius Euesque d'Alexandrie, de lib. 7.
luy enuoyer le liure des martyrs composé par indict. 5.

Eufebe, qu'il auoit entendu eftre en la bibliote-
que de Rome, il luy faict refponce qu'il a fait
chercher ceft efcript d'Eufebe, & qu'il ne s'eft
point trouué: qu'il n'auoit rien d'Eufebe fur ce
fubiect, finon vn bien petit cayer de collectiõs
& ce qu'il en a efcript en fon hiftoire Eclefia-
ftique: puis luy faifant mention de ce martyrologe Romain adioufté, qu'ils ont a Rome de-
dãs vn liure tous les nõs des martyrs diftinguez
felon l'ordre des iours, efquels il ont enduré, &
defquels ils fõt memoire aux Meffes qu'ils chã-
tent iournellement: au refte que ce liure ne cõ-
tient au long les geftes & combats des martyrs,
mais feulement le nõ & le iour de leur paffion.
Dõt il apert que par chacun iour en diuers en-
droits plufieurs ont reçeu la couronne de martyre: & qu'il croit qu'ils en ayent autãt: Remar-
quez ces parolles, *Sed hæc habere vos beatiffimos*
credimus. Dont fe collige la communication de
toutes les autres Eglifes auec la Romaine, &
qu'elles ont reçeu les mefmes faints, que l'Eglife
Romaine recepuoit. Auffi de qui pẽſõs no° que
Beda fe foit aidé a dreffer fõ Martyrologe, finon
de celuy de Rome, lequel ayant efté porté en
Angleterre, par S. Auguftin, Legat de S. Gregoire, lors qu'il y plãta la foy, ou par quelqu'vn de
fes fuceffeurs, fut fait plus ãple par l'additiõ des
faints de ces quartiers, dõt Beda peut auoir co-
gnoiffance. Vfuardus qui l'a fuiui peu apres en
ceft œuure, tefmoigne en fa preface auoir mar-
ché fur les pas de S. Hierofme & Beda, ceft a
dire en vn mot qu'il fuyuit le martyrologe Ro-

Le mar-
tyrologe
de Beda
dreffe fur
celuy de
Rome.

Vfuard.

main que S. Hierofme & Beda ont enrichy en
leur temps, Et Ado Euefque de Treues qui les a
encore augmenté, dit le mefme tout au commencement. *Huic operi vt dies martyrum verifsime
notarentur, qui confufi in calendarijs fatis inueniri
folent, admuit nos venerabile & perantiquum marty-
rologium ab vrbe Aquileia cuidam fancto Epifcopo,
à Pontifice Romano directum.* En ceft œuure, affin
de remarquer au vray les iours qui fe trouuent
affez confus aux Calendriers, Ie me fuis feruy
d'vn ancien martyrologe de la ville d'Aquilée
lequel auoit efté autrefois enuoyé a vn S. Euefque de ce lieu par le Pape de Rome. Voyez
vous par cela combien les anciens ont fait eftat
de l'authorité de l'Eglife Romaine, puis qu'ils
ont toufiours emprunté d'elle la vraye defcri-
ptiõ des faints, & honorez ceux qu'elle auoit
premierement honoré: nous ne voulõs pourtãt
maintenir que la difpofition du droit efcript
touchant ceft affaire, ait toufiours efté telle, &
que le Pape de Rome fe foit de tout temps re-
ferué telle puiffance : Car nous fçauons que la
premiere loy de referue, fut faite par Alexãdre
troiziefme qui mourut en l'an mil cent octãte,
pour remedier a quelques abus, comme il eft raporté *de reliquiis & veneratione fanctorum.* C. I.
mais nous difons que cela apartenant a la police
de l'Eglife, Le Pape a peu iuftement referuer
cefte cognoiffãce au S. Siege apoftolique, pour
l'auctorité que noftre Seigneur luy a donné en
la perfonne de S. Pierre fur l'Eglife vniuerfelle:
la verité eftant que plus de trois cens ans au pa-

prafat. in
martyro-
log.

ado Tre-
ner. in
marty.
rol.

ex. de re-
liq. &
venerat.
fanctoru

G ij

fauant ceste ordonnance, telle puissance a esté
deferée aux Papes, par les Euesques inferieurs.
Car nous lisons, que du téps de Charlemaigne,
Leon troisiéme estant en Allemagne, pour les
affaires de l'Empire, a la requeste dudit Empe-
reur, & de Hildebauld Archeuesque de Co-
loigne, canoniza S. Suibert Euesque de Verdes,
duquel la vie est en Surius. Tom. 2. Apres luy
Innocent second canoniza S. Hugues Euesque
de Grenoble, & le susdit Alexandre feit la canonization de S. Bernard: & depuis ce temps
nul n'a esté mis au Cathalogue des saints, pour
estre honoré publiquemét du peuple Chrestié,
sinon par l'auctorité du Pape. Quant a la dispéce des vœux ie m'estône fort, qu'ils osent la de-
batre au Pape veu que de leur auctorité priuée
il licentient du vœu de continence & Religion,
les Apostats qui se rangent des leurs. Au reste
la dispence du Pape, sur les vœux, ne fait point
que ce qui est promis a Dieu ne luy doibue estre
rendu: mais declare seulement, qu'en tel cas, la
chose promise a Dieu n'est plus matiere de vœu,
en tant qu'elle empescheroit vn plus grád bien,
si elle estoit gardée: Car toute dispence se doibt
faire *in edificationé ecclesiæ*, & *nó in destructionem,*
vbi necessitas vrget (dit S. Bernard) *excusabilis dis-*
pensatio est, vbi vtilitas prouocat, dispensatio lauda-
bilis est. Vtilitas, dico, communis, non propria: nam eú
nihil horú est, non plane fidelis dispensatio sed crudelis
dissipatio est. Ou la necessité presse, la dispence
est excusable, ou l'vtilité prouoque, la dispéce
est loüable, ie dis l'vtilité cómune, nó la propre

Surius in
vita S.
Suibert.

S. Thom.
2.2.q.88
art.10.
2.

S. Berna.
lib. 3. de
cósidera.
ad Euge.

& particuliere. Ou il n'eſt trouué rien de cela,
ce n'eſt point vne fidéle diſpenſe mais vne cru-
elle diſſipation. Or nous diſons que le iugemét
& arbitrage en appartient au Pape cöme ſouuerain paſteur de l'Egliſe auquel ſelö le dire du
meſme S. Bernard, ce tiltre appartient iuſtemét,
parce que, *cum habeant alii ſibi aſſignatos greges,* *S. Bern.*
ſinguli, ſingulos: illi vero vniuerſi crediti, vni vnus, nec *2. de cö-*
modo ouium ſed & paſtorum ipſe vnus omnium paſtor. *ſider.*
Les autres Eueſques ayans leurs troupeaux aſſi-
gnez, chacun le ſien particulier: tous les troupeaux luy ſont commis, vn ſeul troupeau a vn
ſeul paſteur, & n'eſt point ſeulement paſteur
des oüailles mais auſſi de tous les paſteurs. Et
le recognoiſſons n'auoir moindre puiſſance en
l'Egliſe de Ieſus-Chriſt, qn'a eu anciénement le
grand Pontife en la Sinaguogue des Iuifs, auquel par l'expreſſe ordonnance de Dieu, il falloit ſe rapporter de telles affaires, cöme il ſe lit
au Deuteron. 17. *Si difficile & ambiguum apud* *Deut.17*
te iudicium, &c.

11 *Demande.*

MOnſtrez qu'en l'ancienne Egliſe le Pape
par ſes pardons diſtribuë les ſuperabon-
dantes afflictions des ſaints pour la remiſſiö de
la peine des pechez des autres.

12 *Demande.*

MOnſtrez que le Pape alors poſaſt les pardons en vne Egliſe & non en vne autre: en

vne ville & non en vne autre , & quelquefois
pour cent ou deux cens mille de vrays pardõs.

Responce.

2. Corin. 2.

PAr le difcours de la fecõde epiftre aux Co-
rinthiens, ou S. Pol publie le pardon dõné
a L'inceftueux Corinthien en faueur de fes cõ-
citoyens : qui a l'occafion de ce peché énorme
auoient efté attriftez a penitence, & s'eftoient
mis en l'armes & en dueil pour luy , Il eft tout
manifefte que en confideration des afflictions
d'autruy l'on peut donner a quelqu'vn pardon
& remiffion des peines deües a fon peché. Car
ceft Inceftueux fut deliuré de la puiffance du
diable, a qui S. Pol l'auoit liuré pour punition
de fon forfaict, & fut remis en la cõmunion de
l'Eglife, non feulement par les prieres, mais auffi par les afflictions volontaires qu'auoient pris
fes concitoyens pour luy. Ce qui s'eft fouuent

1. Cerid. 5.

pratiqué en l'Eglife primitiue. Car ce qui fe lit
tant de fois en S. Cyprian, & au parauant luy

S. Cypr. epift. 21. 26. 30. 31. edit. pamel. Tertull. lib. ad martyr.

en Tertullian, qu'aux prieres des martyrs, & de
ceux qui eftoient prifonniers pour la foy, Les
Euefques relafchoient la penitence a ceux qui
auoient renié Iefus-Chrift au temps de la per-
fecution, & les recepuoient en l'Eglife deuant
qu'ils euffent fait pleine & entiere penitence,
qu'eft-ce autre chofe, qu'vn pardon dõné par la
cõmunication des peines & furabondantes paffion des faints. Il eft certain auffi que les bien-
heureux Apoftres & Martyrs ont beaucoup

plus enduré en ce monde, que leurs pechez ne
meritoient de punition. Ainſi diſoit Iob, pleuſt Iob 6.
a Dieu que mes pechez pour leſquels i'ay merité ceſte vengeance, & la calamité que i'endure, fuſſent mis en vne baláce, celle icy apparoiſ-
ſtroit plus peſante que le ſable de la mer. Et S.
Pol ſe vante d'accomplir en ſon corps, ce qui
default des paſſions de Ieſus-Chriſt pour le
corps de Ieſus-Chriſt, qui eſt l'Egliſe. Ce qui Coloſſ.1.
nous môſtre, ores que le threſor de l'Egliſe, dôt
ſe fait la diſtribution des pardôs, ſoit principallemét fondé ſur le prix infini de la mort & paſſion de Ieſus-Chriſt, que neátmoins en ce threſor entrét auſſi les ſur-abondantes paſſions des
ſaints: dont le meſme S. Pol diſoit ailleurs qu'il 1. Corin.
enduroit tout pour les eſleuz, qu'il mouroit 15.
tous les iours pour leur gloire, *omnia ſuſtineo pro-* 2. Timo.
pter electos & quotidie morior propter veſträ gloriä. 2.
S. Ambroiſe, declare aſſez, que telle a eſté l'in- S. Ambr.
tention de S. Pol, & que l'Egliſe de ſon temps lib. 1. de
le croyoit ainſi, ſçauoir que le pardon eſtoit dô- pen. C.13
né a quelqu'vn pour les ſur abondantes ſatisfa-
ctions d'autruy. Lors que parlant du fait de ce
Corinthien, il dit qu'il a eſté purgé par les œuures du peuple, & laué des larmes de la cômune,
quepar ces prieres & pleurs de tout le peuple,
il a eſté rachepté de ſô peché. Car Ieſus-Chriſt
(dit le meſme S. Ambroiſe) a dôné a ſon Egliſe
faculté de r'achepter vn par tous, & a obtenu
par l'aduenement de noſtre Seigneur que tous
fuſſent racheptez par vn. *Donauit enim Chriſtus*
eccleſie ſua, vt vnum per omnes redimeret, que per do-

mini Iesu meruit aduentum, vt per vnum omnes redi-
merentur: & plus bas, Eclesia suscipit onus pecca-
toris, cui compatiendum & fletu & oratione & dolore
est, vt per vniuersos ea qua superflua sunt in aliquo pe-
nitentiam agente, viritim misericordię aut compassio-
nis, veluti collatiua aliqua admixtione, purgentur. l'E-
glise prẽd sur soy la charge du pecheur, auquel
il faut compatir, par pleurs, par prieres, & par
douleur, affin que ce quil y a de superflu en vn
penitent, soit purgé par la meslange de la misericorde & compassion que chacun aura contri-
bué par teste. N'est-il pas tout euident par là,
que ce thresor est composé non seulement de la
satisfactiõ de Iesus-Christ, mais aussi de celles
des saints? Reste a voir, a qui apartiẽt la distri-
butiõ de ce thresor, & a qui Iesus-Christ en a
cõmis la dispensatiõ. L'escripture nous aprẽd,
que Iesus-Christ a dõné a S. Pierre le gouerne-
mẽt general de sõ Eglise, & qu'il a esté mis pa-
Ioh. 2.
steur souuerain sur tous les Chrestiens, sãs exce-
ption quelconque, Car Iesus-Christ luy disant,
pais mes brebis pais mes agneaux, Il n'excepte
personne de sa iurisdiction, mais luy assubiectit
S. Berna.
lib. 2. de
cõsiderat.
en general tous les Chrestiens. Ce n'est point
moy qui expose ainsi ces parolles, ie l'ay apris
des peres de l'Eglise, particulierement ie vous
prie entendre le bon Pere S. Bernard. Qui est
celuy ie ne diray point des Euesques, mais des
Ioh. 21.
Apostres, a qui toutes les ouäilles ont esté ainsi
commises absolument & sans distinction? si tu
m'aime Pierre pais mes ouäilles. Quelles? les
peuples de ceste ville cy, ou de ceste la? d'vne
Prouin-

Prouince ou d'vn Royaume: mes oüailles dit-il.
Qui eft-ce qui ne veoid, qu'il ne luy en a-poiht
aſſigné quelques vnes, mais toutes generalle-
ment rien n'eſt excepté ou rien n'eſt diſtingué.
Voila donc comme S. Pierre a eſté eſtabli chef
ſur toute l'Egliſe. Et ne faut penſer que ceſte
puiſſance & authorité, ſoit expirée par ſa mort:
non, elle aeſté tranſmiſe & donnée a ſes ſucceſſeurs. Car Ieſus-Chriſt creant S. Pierre officier
de ſon Egliſe, qui doibt durer iuſques a la fin du
monde, auſſi luy a donné ceſt office, non pour
luy ſeul, mais pour ſes ſucceſſeurs. Ceſt pourquoy S. Bernard parlant au Pape Eugene, luy
attribue ces beaux tiltres d'honneur, Tu es le
grand Prebſtre & le Pontife ſouuerain, tu es
le Prince des Eueſques, l'heritier des Apoſtres,
Abel en primauté, Noé en gouuernement, A-
braham en Patriarchat, Melchiſedech en ordre,
Aaron en dignité, Moyſe en authorité, Samuël
en iudicature, Pierre en puiſſáce, Chriſt en vn-
ćtió: voyez ce que Ieſus-Chriſt a en proprieté
& ſeigneurie, le Pape là par commiſſion, & eſt
egal a S. Pierre en puiſſance, dót il eſt aiſé a có-
clure, que ceſt a luy a faire de diſtribuer le threſor de l'Egliſe. Car a qui apartient de droit la
diſtribution des biens d'vne communauté, ſinó
au prince ſouuerain, qui en eſt le chef? Le Pape,
comme vous venez d'entendre, eſt le chef &
prince ſouuerain de l'Egliſe. Ce fut auſsi a S.
Pierre a qui Ieſus-Chriſt fit ſingulierement la
promeſſe des clefs du Royaume des Cieux:
Eſtát donc l'office des clefs d'ouurir & fermer,

S. Bern.
2. de coſi-
fideri.

Matth.

S. Pierre a reçeu de Iesus-Christ puissâce d'oū-
urir & fermer le ciel. Ce qui nous empesche
d'aller au ciel n'est point seulement le peché,
mais aussi la peine du pechéreśtât apres la coulpe remise: S. Pierre donc reçepuant les clefs du
ciel, a reçeu par mesme moyen la puissance de
remectrē tant le peché que la peine. Et ceste
puissance, est la puissâce d'octroyer les pardōs,
qui reste encores en ses successeurs par la raison que dessus. Aussi Tertullian nous aprend
que les Papes, l'ont ainsi pratic qué de son tēps,
& ont donné indulgence pleniere aux fornicateurs qui auoiēt fait quelque penitence de leur
paillardise, raportée en ces mots. *Audio etiãm*
esse propositū & quidem peremptorium, Pontifex sci-
licet maximus, episcop° Episcoporū dicit, Ego & mœ-
chiæ & fornicationis delicta, penitētia sunctis dimitto.
l'entends qu'vn edit a esté proposé, & iceluy
peremptoire, Le souuerain pōtife, & l'Euesque
des Euesques dit, Ie remets & pardonne les pe-
chéz de l'adultere & fornication a ceux qui
ont fait penitence. Et plus bas, *Hoc in ecclesia legi-*
tur, in ecclesia pronunciatur. Cela ce lit, cela ce prononce en l'Eglise. De ce lieu sont côfirmez plusieurs points de nostre Religion contre les Heretiques de ce temps 1. Le Pape de Rome est
appellé souuerain Pōtife, Euesque des Euesques
par Tertullian, ja heretique: Car il se sentoit de
l'heresie de мōtanus lors qu'il escript ce liure &
auoit esté excōmunié par le Pape Zepherinus,
a qui il ne laisse de donner ces tiltres d'honneur,
cōme plus bas au mesme liure, il l'appelle Pape

Tertul.
lib. de
pudicit.
c. 8.

benist & apostolicque 2. Le Pape publie vn *eiufd.lib.* pardon pour les fornicateurs penitéts. Car Ter- *C.18.31.* tullian parlant de cela souuent en ce liure vse du mot, *indulgentia, remissio, remissa, gratia*, & de termes semblables 3. Ce pardō est proposé par forme d'edict pour monstrer la puissance que le Pape a eu de tout temps en l'Eglise, de conferer des pardons & indulgences, car il n'appartient qu'aux Princes de publier des edits 4. est a noter que ce pardon ne s'entendoit que de la peine, pour deux raisons briefuement touchées en ce texte: La premiere, qu'il suppose que ces fornicateurs, en faueur desquels ce pardon est dōné, fussent absouz de la coulpe deuāt Dieu, Car la coulpe ne se remet qu'auec cognoissance de cause, & par forme de sentence, Et ce pardon estoit conçeu en termes generaux & donné nō par forme de sentence, mais d'edit. Secondemét en ce qu'il est donné a ceux qui auoient fait penitence, & partant ja absouz de leur pechez, quant a la coulpe & peine eternelle, mais neātmoins pour la satisfaction restāte a faire, estoiét encores hors de la cōmunion de l'Eglise, 5. Ce pardō se lisoit en l'Eglise, c'est a dire en l'assemblée Chrestiéne & aux lieux desdites asséblées. Et est croyable qu'il fut porté en Affrique, ou estoit Tertulliā, ce qui mōstre l'auctorité qu'auoit le Pape sur les Eglises d'Affrique: bref ce pouuoir de donner pardons estant fondée sur l'auctorité des clefs donnés a S. Pierre & sur la puissance de lier & deslier les ames sur la terre. Comme le Pape de Rome en qualité de succes-

H 2

seur de S. Pierre, a le pouuoir de lier, & de fait
la souuent exercé, excommuniant par toute la
Chrestienté les personnes rebelles a l'Eglise, &
commectans quelques autres crimes dignes de
censure Eclesiastique, comme il est aisé. de verifier par infinis exemples : aussi a-il le pouuoir
de deslier, cest a dire d'oster tous les empesche-
ments, que peut auoir le pecheur d'aller au ciel,
entre lesquels est nombré non seulement le peché quant a la coulpe, mais aussi la peine tépo-
relle restant apres la coulpe remise, de quoy il
sera encores parlé cy apres. Faut donc conclur-
re que le Pape a le pouuoir de publier les pardons, & que des le temps de Tertullian, il les a
publié, en la forme qu'ils se publient. Cõbien
qu'en la primitiue Eglise ils se sont dõnez plus
rarement, tant pour ce que la charité & le zele
de la foy estans plus grands, a cause du sang de
Iesus- Christ qui boüllõnoit encor au cœur des
Chrestiens, ils embrassoient plus voluntiers les
penitences apres le peché cõmis, & aussi que la
discipline de l'Eglise estoit plus rigoureuse, &
les peines s'enjoignoient plus seueres, dont il
restoit moins a purger. Mais depuis que le peuple a commencé a se refroidir de deuotion, &
que les penitences proportionnémēt a cela ont
esté moderées pour exciter les Chrestiens a des
œuures pieuses, l'Eglise les a dõné plus frequē-
tes, les posant tantost en vne Eglise tantost en
vne autre, pour y estre faictes prieres & aumosnes, quelquesfois des pelerinages & telles œuures satisfactoires & meritoires, affin de seruir

de diſpoſition aux Chreſtiens a gaigner le pardon, lequel ne s'acquiert que par celuy qui eſt
en la grace de Dieu, & fait de ſa part, les œuures preſcriptes & commandées. A ce que l'on
demande ſi lon donnoit des pardons de cent ou
deux cents mille ans, ie dis, ores que ces termes
ne fuſſent lors vſitez, ſi eſtoit-ce la meſme choſe, quand vn pardon general eſtoit donné. Car
il ne fault entendre les cent ou deux cents mil
ans ne tel autre nombre, pour le temps que le
penitent eut a continuer ſa penitence en ce mõde ou endurer en l'autre monde: mais ceſte maniere de parler eſt priſe des canons anciens, qui
ordonnoient a tels & tels pechez tant d'ãnées
de penitence, de ſorte que les pechez d'aucuns
pouuoient tellement ſe multiplier, & auec tant
d'enormité que eu eſgard a ces canons, leur penitence debuoit eſtre d'autant d'ãnées que deſſus, voire plus. Et par le pardon general, leur
penitence eſtoit abregée, & la peine deüe a telle
multitude de pechez, remiſe, bien que cela ne
fut exprimé en la façon, qu'il a eſté depuis, pour
faire entendre le grãd bien qui arriuoit a celuy,
a qui telle grace eſtoit octroyée, & qui ſçauoit
bien en faire ſon proufit.

13. Demande.

MOnſtrez que l'Egliſe anciéne ait creu le
Limbe des petits enfans.

Reſponce.

IL eſt certain que tous les Peres anciens ont tenu cõformement a l'eſcriture, que les petits enfans mourans ſans bapteſme deuant l'vſage de raiſõ, ſõt excluz du Royaume des Cieux, noſtre Seigneur le prononce ainſi. Qui ne ſera regeneré d'eau & du S. Eſprit, n'entrera point au Royaume des Cieux. Car nous ſommes, dit l'Apoſtre, tous enfans d'ire par nature, & ailleurs, La mort eſt paſſée en tous par vn homme, auquel nous auons tous peché, & ne pouuons ſortir de ceſte maledictiõ que par le bapteſme, comme vous auez entendu par la ſentence de Ieſus-Chriſt: ce fut auſſi la déciſion du Concile de Carthage & du Cõcile Mileuitain raportez par S. Auguſtin en ſes epiſtres 90. & 92. auſquels conciles fut preſent & ſoubſcriuit S. Auguſtin, auec plus de ſoixãte Eueſques, & furent en meſme temps ces deux cõciles approuuez par le Pape Innocent premier, comme il ſe void au meſme lieu: par le teſmoignage donc de tous ces anciens, les enfants morts ſans bapteſme, ne ſont point en Paradis, ils ne ſont point auſſi en enfer auec ceux qui ſentẽt les peines du feu, veu qu'ils n'ont peché actuellement, Car la peine doibt eſtre proportionnée a la coulpe. *Secundum menſuram delicti*, diſoit la loy, *erit plagarum modus*, ſelon la meſure & quãtité de l'offence, les playes ſeront moderées: Ce qui eſt auſſi en l'Apocalipſe, autant que l'homme s'eſt glorifié & a pris ſes plaiſirs, donnez luy autant de tourments: les petits enfans morts ſans bapteſme, n'ayants eu icy aucuns plaiſirs, pour-ce

Ioh. 3.

Epheſ 4.

Rom. 5.

S. Augu. epiſt. 90. 92. epiſt. 91. 93.

Deuter. 25.

Apocali. 18..

que a faulte de iugement & cognoiſſance, ils n'ont eu aucune propre volunté, il n'eſt auſſi raiſonnable les enuoyer au feu auec les autres dãnez: s'ils ne ſõt n'y en paradis, n'y au feu d'ẽfer, ou ſerõt ils ſinõ en vn tiers eſtat, ſignifié par le Lymbe. Le Prophete Eſaye parlant de ceux qui ſeront au feu d'enfer, dit qu'ils ſeront rõgez ſans fin du vers de leur propre conſcience, il conjoint auec le feu, le vers rongeant : *vermis eorum non morietur & ignis non extinguetur:* Les petits enfans n'ayants aucun peché commis de propre volonté, ſeront exempts de ce ver de conſcience, ils ſeront donc auſſi exẽpts du feu, puiſque l'vn ne marche point ſans l'aultre : C'eſt ce que les Theologiens diſent en vn mot, qu'ils ſeront dãnez, *pœna damni, & non pœna ſenſus,* de la peine de dam, en tant qu'ils ne verront point Dieu, mais ils ne ſentirõt les peines du feu eternel. S. Auguſtin en pluſieurs lieux de ſes eſcripts, dit qu'ils ſerõt en vne damnatiõ plus douce que les autres. S. Gregoire de Nazãze ſurnõmé le Theologien, tient ceſte doctrine en mots expres, diſant que les enfans décedez ſans bapteſme ne ſeront en la gloire celeſte, n'y chaſtiez du iuſte Iuge, parce que encores qu'ils n'ayẽt eu le charactere de bapteſme, auſſi n'õt ils fait aucun mal, ayant pluſtoſt enduré dõmage que l'ayant fait. *Neque enim quiſquis dignus ſupplicio non eſt, protinus honorem quoque meretur, quẽadmodum nec quiſquis honore indignus eſt ſtatim etiã pœnam promeretur.* Car toute perſonne qui n'eſt capable de ſuplice, ne merite point pourtant

Eſa. 66.

4. ſentẽ.

S. Augu.
in enchir.
C. 93. lib.
1. de pecc.
meritis
C. 16.
Greg. na.
or. in ſaẽt
baptiſ.

honneur, côme celuy qui eſt indigne dhonneut n'a merité pour cela d'eſtre puni. Par ces parol- le ſil apert aſſez, que ce S. Pere conſtitue pour les petits enfans non baptiſez, vn tiers lieu en- tre la gloireceleſte, & le ſupplice, ceſt a dire les tourments du feu. S. Ambroiſe ſemble auſi s'y accorder lors qu'expoſant les parolles de S. Pol, homme nous auons tous peché, conclud de là que nous ſommes tous pecheurs par Adam, de qui nous ſômes tous deſſcédus : puis recognoit vne ſecóde mort qui s'acquiert par nos propres pechez, delaquelle ſont exempts les bons qui ſont en enfer: mais en vn lieu plus haut, (aſſauoir que l'enfer des damnez) comme en vne priſon libre, pour-ce qu'ils ne pouuoiēt môter au ciel: eſquelles parolles ſi nous prenôs garde de pres, ſe peuuent remarquer quatre códitions de per- ſonnes, & par conſequent qñatre lieux ſeparez, Le Ciel ou ſôt les bien- heureux, & ou les peres de l'ancien Teſtament ne pouuoient môter, ice- luy n'ayant eſté ouuert que par l'aſcenſion de noſtre ſeigneur, 2. Ceſte priſon libre eſtant en vn lieu ſoubz-terrain mais plus eſleué, & appel- lé en l'eſcripture Sin d'Abrahã, & par les Theo- logiens le Libe des Peres, pour eſtre vn lieu có- me au bord de la terre du coſté d'enhaut : le 3. l'Enfer des damnez qui ont adiouſté au peché d'Adam leurs propres pechez, & ſont morts en iceux: le 4. pour ceux qui ſont morts auec le pe- ché originel deſcendu d'Adam, ſans eſtre net- toyez de ce peché & n'ont par leur propres pe- chez acquis, ce qu'il appelle la ſeconde mort.

S. Ambr.
in C. 5.
ad Rom.

Car

Car puis que leur condition est differente des
trois precedents, aussi semble il raisonnable les
placer a part: le lieu donc ou ils sont arriere des
dānez, & separez de la gloire, est appellé Limbe
des petits enfans, cōme estāt sur le bord des flā-
mes d'enfer ou toutes-fois elles ne paruiennent
point. S. Augustin mesmes qui seble en q̄lques
passages, & speciallement en ses disputes cōtre
les Pelagiens, n'aduoüer aucun tiers lieu hors la
beatitude & la damnation, n'est pas contraire a
ceste doctrine, mectant les petits enfans en la
damnation, comme nous les mectons auec luy,
mais au milieu des bien-heureux, & de ceux qui
sont meschants de leur propre volunté. Car a-
pres auoir fait ceste demande. Qu'estoit-il besoin que le petit enfant nasquit, lequel mœurt
au parauant qu'auoir rien merité. Respond que
pour le bien de l'vniuers, l'hōme ne peut super-
flüement naistre au monde, puis qu'il ne croist
point vne seulle fœille en l'arbre sans raison.
Que c'est chose superflüe s'enquerir des merites de celuy qui n'a rien merité. Car dit-il,
il ne faut point craindre, qu'il ne se trouue
vne vie au milieu du bien-faict & du peché, & qu'il ne puisse aussi y auoir vne sentence moyenne entre la recompense, & le supplice. *Non enim estimandum ne vita esse potuerit
media, quædam inter recte factum & peccatum &
sententia iudicis media esse non possit inter præmium
atque supplicium.* Ou nous voyōs que S. Augustin
met pour les petits enfans vn milieu entre la recompense & le supplice: il ne les exēpte point

S. *Aug.
lib. 3.
hyppogn.*

*Idem lib.
3. de libe-
ro arbi-
trio C. 23*

I

du tout de damnation, mais seulement du suplice, cest a dire la peine du feu. Pourquoy côme il a esté dit cy dessus, il appelle leur peine *omnium mitissimam*, Ce milieu, quelque part qu'il soit est appellé le Limbe des petits enfans.

in enchiridio.

14 Demande.

MOnstrez qu'en l'ancienne Eglise on ait adoré l'Hostie que tiét le prebstre de culte de latrie, & qu'a ceste fin le prebstre ait fait esleuation de l'Hostie en la messe.

Responce.

ecclesiast. hierarch. C. 3.

SAint Denis en sa Hierachie Eclesiastique dit en mots expres qu'on esleuoit & monstroit le corps de Iesus Christ, si tost qu'il estoit consacré: & puis l'Euesque se cômunioit & dônoit la communion aux autres: S. Basile declare, que ceste môstre & esleuatiô se faisoit affin de l'inuocquer & adorer, & que cela ce faisoit par tradition, sans commandement expres en l'escripture: *Verba inuocationis cum ostenditur panis Eucharistiæ quis sanctorum nobis scripto reliquit?* qui est ce des saints, qui no' a laissé par escrit le formulaire d'inuocation dont nous vsons, quand on monstre le pain de l'Eucharistie. S. Gregoire de Nanzianze en l'oraison funebre de sa sœur Gorgonia: Elle se prosterna (dit-il) deuãt l'Autel, priãt a haulte voix celuy, qui est adoré dessus l'autel S. Iean Chrisost. piesque par tout ses escrits, môstre que le corps de Iesus Christ

S. Basil. lib de spirit. C. 27

Greg. na. orat. de sor Gorgonia.

eſtoit adoré a la Meſſe non ſeulement par les hommes y aſſiſtás mais par les Anges meſmes, & nómement en l'homelie 61. *ad populum Antiochenum*, dit, *ſi pura ſunt veſtimenta, adora & cōmunica.* Si tes veſtements ſont purs, adore & communie. Voyez ſon Homel. 24. ſur la premiére aux Corinth. homel. 60. au peuple d'Antioche, le liure 6. de ſacerdotio l'homel. de S. Philog. homel. 4. de dei natura S. Auguſtin ſur le Pſal. 98. Perſonne ne mange ceſte chair que premierement il ne l'ait adoré. Autant en dit, S. Ambroiſe au liure 3. de Spiritu ſ. C. 12. le meſme S. Auguſtin epiſt. 120. ſur ces parolles du Pſal. 21. *manducauerunt & adorauerunt omnes pingues terræ*, dit que les riches de la terre ſont les riches viuants de la table de Ieſus-Chriſt, qui prennent ſon corps & ſon ſang & l'adorēt, mais ne ſont point raſaſiez par ſon ſang, par ce qu'ils ne limitent point, *aducti ſunt ad menſam Chriſti & accipiunt de corpore & ſanguine eius, ſed adorant tantum, non etiam ſaturantur, quoniam non innituntur.* S. Hieroſme *præfat. In lib. Theophi.* dict, *ſacros calices, ſancta velamina & cætera quæ ad cultum dominicæ paſſionis pertinent, ex conſortio corporis & ſanguinis domini eadem, qua corpus eius, & ſanguis, maieſtate veneranda,* que les Calices ſacrez, les ſaints voiles & autres telles choſes qui ſeruent au culte de la paſſion de noſtre Seigneur, pour l'attouchement du Corps de Ieſus-Chriſt doiuent eſtre adorez de meſme maieſté, que ſon Corps & ſang.

15. Demande.

I 2

(marginal notes:) S. Chriſoſt. homil. 61. ad populi antioch. homil. 24. in I. Corinth. &c. S. Aug. in ſal. 98. S. Ambr. 3. de ſpirit. S. c. 12. S. Aug. epiſt. 120. S. Hieroſme præfat. in libros paſch. Theoph.

MOnstrez, qu'en l'Eglise anciéne les liures des Machabées ayét esté tenuz pour canoniques.

Responce.

AV troisiesme concile de Carthage ou S. Augustin a esté present, les liures des Machabees sont nombrez entre les escriptures sainctes. En ce concile se sont retrouuez iusques à quarante Euesques, qui sont autant de tesmoins. Le mesme S. Augustin lib. 2. de la doctrine Chrestienne les met au mesme rang, & en ses liures de la Cité de Dieu, dict notamment, *machabeorum libros ecclesia pro canonicis habet*, l'Eglise tient les liures des Machabees pour canoniques: en só liure du soing pour les morts les appelle du nom d'escripture. Ainsi S. Hierosme sur Esaye les cite soubz le nom d'escripture Saincte. Innocent premier en son epistre *ad Exuper.* c. 7. Les aduoüe pour liures canoniques. Les autres Peres anciens, comme S. Cyprian Tertul. Origene, S. Irenee citant ces liures, s'en seruent comme d'escripture Saincte. Cela suffira quant à present, pource qu'ils s'en trouuent plusieurs traictez faict expres.

Marginalia:
3. Cócil. carthag. c. 47.
S. Aug. de doctri-na Chrissts. l. 8. c. 8. li. 18. de ciuit. dei c. 36. lib. de cura 8. mort. a-gé da c. 1. D. Hieronim. in Esaiam S. Cypr. epist. 3. lib. 1. & lib. de singul. cleric.

16 Demande.

MOnstrez que l'ancienne Eglise ait creu que l'Euesque de Rome ne peut errer.

Responce.

IEsus-Christ dit expressement en S. Luc i'ay Luc 22. prié pour toy, Pierre, à ce que ta foy ne defaille poinct., & toy estant vn iour conuerty confirme & asseure tes freres. S. Pierre par ces parolles ha promesse de ne iamais faillir en la Foy, ce qui s'entend non seulement de la personne de S. Pierre mais aussi de ses successeurs. Car de ces parolles, S. Iean Chrisost. collige la S. Chrif. homil. 3. in acta. primauté de S. Pierre sur les autres Apostres qui a esté donnée non à luy seul, mais à ses successeurs aussi, à bõ droict (dit il) en c'est affaire ou il s'agissoit de l'eslection d'vn Apostre en la place de Iudas, Pierre premier de tous prend l'auctorité de parler, comme ayant tous les autres souz sa puissance. Car c'est à luy que Iesus Christ à dict. Et toy estant conuerty, confirme tes freres. Autant en dict Theophilate, par ce que ie te tiens le premier de mes Disciples, a- Theoph. in 22. Luc. pres que m'ayant nié tu auras pleuré, confirme les autres. Car cela t'appartient, qui apres moy és la pierre, & le fondemẽt de l'Eglise. Qui ne sçait aussi, que quand Iesus-Christ à donné à Math. 16. S. Pierre, le nom de pierre, & que sur ceste pierre il à fondé son Eglise, ce n'a esté à Sainct Pierre seul, que ces parolles s'addressoient? Car les fondements d'vne chose qui doibt durer à perpetuité, doibuent estre de perpetuelle durée. Or est-il que S. Pierre est mort quant à sa personne, ce n'estoit donc à la seule personne de S. Pierre à qui ceste promesse estoit faicte, mais à l'office & dignité qui luy estoit cõmise & qui dure encores en ses successeurs. Tous les anciens l'ont ainſi recogneu d'vn commun accord & conſentement S. Hieroſme ſur Eze-chiel *Petrus apoſtolus ſuper quem dominus ecleſia ſuæ fundamenta ſolidante* Pierre l'Apoſtre, ſur lequel le Seigneur à affermy les fondements de l'E-gliſe. Et ſur Eſaie ; Ieſus-Chriſt à fondé ſon Egliſe ſur l'vne des montaignes, & luy parle ainſi. Tu es pierre &c. Pourquoy auſſi le meſ-me Docteur demãdant reſolutiõ d'vn certain doubte au Pape Damaſus, diſoit, Quant à moy ne ſuiuant aucun autre premier, que Ieſus-Chriſt, ie ſuis ioinct de communion à ta bea-titude, c'eſt à dire à la chaire de S. Pierre, *beati-tudini tuæ hoc eſt Petri cathedræ communione conſo-cior, ſuper hanc petram ſcio edificatam eccleſiam.* S. Auguſtin en ſon pſalme contre les donatiſtes. Nombrez (dit-il) les Prebſtres de ceſte chaire depuis S. Pierre; voyez en c'eſt ordre des peres qui à ſuccedé & qui, c'eſt ceſte pierre, que les portes ſuperbes d'enfer ne peuuent vaincre. S. Gregoire de Nazanze dit, que S. Pierre fut ainſi nommé, par ce qu'il à les fondementz de la Foy, appuyez ſur la ſienne. Ainſi S. Cyprian appellé l'Egliſe Romaine, la chaire de Pierre, & l'Egliſe principalle, & dict que les Romains ſont ceux, auſquels l'infidelité ne peut auoir accez. S. Irenée nous y enuoye comme à l'E-gliſe, qui ne peut errer ſelon la promeſſe de Ieſus Chriſt expreſſe, quand il à dit, que ſon Egliſe ſeroit tellement fondee ſur ceſte Pierre, que les portes d'enfer ne pourroient rien côtre elle. Car de la ſtabilité de l'Egliſe contenuë en

Marginalia: D. Hie-ron. in 41. Ezechiel idem in 1. c. Eſaia idem epiſt. 57. S. Aug. tom. 7. Greg. 13. orat. de mader. in diſput. S. Cypr. epiſt. 3. lib. 1. S. Iren. lib. 3. c. 3.

ces parolés s'enfuit, que le Pape ne peut errer pour ce que si le Pape, que les auctoritez susdictes doibuent nous faire croire estre le fondement de l'Eglise, pouuoit errer, l'edifice de l'Eglise basty dessus pourroit aussi tomber & aller par terre : mais nostre Seigneur nous asseure du contraire, disant que les portes d'enfer ne sont bastantes pour renuerser l'Eglise. Le Pape donc ne peut aucunement errer, sur lequel l'Eglise est fondée. C'est la conclusion qu'en à tiré, il y à plus de quatorze cens ans, Origene, il est manifeste (dit-il sur ce passage) encores que cela ne fut pas exprimé, que les portes d'enfer ne peuuent rien ny contre Pierre, ny contre l'Eglise. Car si elles pouuoient renuerser la Pierre ; sur laquelle elle est fondée, elles pourroient aussi abbatre & ruiner l'Eglise, Au reste quand nous disons que le Pape ne peut errer, cela s'entend que comme souuerain Pasteur il ne peut rien definir, determiner ou proposer au peuple Chrestien qui soit contraire à la Foy ; tant est grãde la force de la chaire, bien que comme personne particuliere il n'ait promesse de Iesus-Christ d'estre exempt de tout erreur.

Origeni. tract. 1. in Mat.

17 Demande.

MOnstrez que l'Eglise ancienne ait creu que Iesus Christ par sa mort & souffrances no° à bien deschargé de la peine des pechez deuant le baptesme, mais quant à la peine des pechtz commis après le baptesme, il l'a chargé

d'eternelle en temporelle, & que c'est à nous
s'atisfaire pour cela à la Iustice de Dieu.

Responce.

IL faut sçauoir que nostre Seigneur à plusque
suffisamment s'atisfaict à DIEV son Pere,
pour tous nos pechez, tant pour la coulpe que
pour la peine eternelle & temporelle, mais que
ceste s'atisfaction de Iesus-Christ nous est ap-
pliquee diuersement au Sacrement de Baptesme & au Sacrement de penitence. Car d'autant que par le Baptesme nous naissons de nou-
ueau en Iesus-Christ, & entrons en vne vie
nouuelle, ainsi que l'enseigne S. Pol, nous qui
sommes baptizez en Iesus-Christ, sommes
baptizez en sa mort. Car nous auons esté ense-
uelis auec luy en la mort (de peché) affin que
comme Iesus-Christ est resuscité de la mort
par la gloire du Pere, ainsi nous cheminions en
nouueauté de vie, Aussi par le Baptesme: ceste
mort & passion nous est parfaictement appli-
quée, non seulement pour oster la coulpe &
peine eternelle, mais aussi toute autre peine
deuë aux pechez commis au precedent: mais
en la penitéce, bien que le sang de Iesus Christ
y opere, ce n'est toutesfois auec telle vertu &
efficace, qu'au Baptesme, par ce qu'il si requiert
de nostre part quelque s'atisfaction à faire,
non pour la peine eternelle qui est remise en
vertu du Sacrement, mais pour les peines tem-
porelles restantes à payer à la Iustice diuine. S.
Cyprian

Rom. 6.

Cyprian en peu de mots remarque ceste diffe- S. Cypr. de opere & elemosy.
rence : L'infirmité & foiblesse (dit-il) de la
nature humaine, n'auroit dequoy faire, si de
rechef la nature diuine ne nous secouroit &
ouuroit le chemin de salut, en nous monstrant
les œuures de Iustice & misericorde, a ce que
toutes les souilleures que nous côtractons apres
le Baptesme soient purgées & lauées par aumosnes. Le Sainct Esprit parle és escriptures,
& dict que par aumosnes, & la Foy les pechez
sont purgez, non poinct (dict-il) les pechez
commis auparauant (c'est à dire deuant le
Baptesme) car ils sont purgez par le sang &
sanctification de Iesus-Christ. Sainct Augustin S. Aug. Epist. 54
parle encores plus expressement, *Non est prorsus*
præteritorum aliquid peccatorum, quod non baptiza-
tis in sancta ecclesia remittatur: Il n'y à aucune chose des pechez passez (*ergo* ny coulpe, ny peine
eternelle ny temporelle) qui ne soit quittée &
pardonée à ceux qui sont baptizez en la sainte
Eglise, & peu apres, *Quicquid, post eam quæ sit in* ibid.
baptismo ablutionem, peccatorum in hac vita manendo
peccamus, etiam si non tale sit, quod à diuinis remo-
uere compellat altaribus non dolore sterili, sed miseri-
cordiæ sacrificiis expiatur. Apres l'ablution des
pechez qui se faict au Baptesme, tout ce que
nous offensons demeurans en ce monde, encores qu'il ne soit tel, de nous contraindre à nous
retirer des diuins Autels, se doibt expier non
par vne douleur sterile, mais par sacrifices de
misericorde. Ne voila poinct en ces sacrifices
de misericorde, vne satisfaction requise pour

K

les pechez commis apres le Baptesme ? mais d'autant que noz parties ne se contenteront de ces deux tesmoings, quoy que bien exprez, & sans reproche, tous deux saincts, l'vn martyr de Iesus-Christ, l'autre grand Docteur & lumiere de l'Eglise, prenons la peine de leur fournir le nombre qu'ils ont demandé : pourquoy faire plus distinctement, nous diuiserons leur question en trois parties & traicterons chacune d'icelle par ordre. La premiere partie est, si le Baptesme remect toute la peine, sans qu'il soit besoin de satisfaire pour les pechez remis & quittez au Baptesme: S. Gregoire de Nazanze, discourant des effects de ce Sacrement, entre autres choses nous dict, que de vieux, il nous faict nouueaux, d'humains nous rend diuins, nous fondant sans feu, nous refaisant sans aucune confraction: & plus bas, il l'appelle purgation premiere, exempte de labeur, pour le distinguer de la penitence qui est appellé par luy mesme, Baptesme laborieux. Car à quel propos appeller le Baptesme vne purgatiõ sans labeur, sinon à cause, qu'il n'est besoin de faire aucune œuure laborieuse pour satisfaction des pechés qui nous y sont remis & pardõnez? & au contraire, pourquoy la penitence est elle appellée vn Baptesme laborieux ? Baptesme de larmes ? sinon pour monstrer la difference de la penitence & du vray Baptesme, lequel comme nous auons ja dict, remect toute la peine deuë aux pechez, sans aucuns œuures de satisfaction qui sont requis en la penitence. Ainsi S. Basile

Gregor.
Nazaz-
or. in
sanctum
baptis.
ibid.

S. Basil.

se iectant sur les louanges du Baptesme. *Orem* *exhort.*
admirandam, dit- il, *Renouaris, nec conflaris: refin-* *in S.*
geris, nec contereris : curaris, nec dolorem sentis : Tu *Baptis.*
es renouuellé sans estre fondu, tu es refaict sans
estre brisé, tu es guary sans aucune douleur, Et
son frere Gregoire de Nysse. Le feu & l'eau *Gregor.*
ont vne vertu abstersiue. Ceux qui auront laué *Nyssen.*
leur ordures par le Baptesme, n'ont poinct be- *in Cate-*
soin d'estre purgez par le feu, signifiant par ces *chet.* *Mai. 1.*
parolles qu'apres le Baptesme il ne reste aucu- *36.*
ne peine à payer. Voyez S Hierosme epist. 83. *S. Hier.*
discourant au long des effects du S. Baptesme, *epist. 83.*
& monstrant que par iceluy, tous pechez en-
tierement sont effacez, La seconde partie de
ceste demande est, si Dieu ayant pardonné la
coulpe & peine eternelle, il reste encores à
payer quelque peine temporelle? L'escriture
nous enseigne qu'ouy, premierement au faict
des Israëlites, ausquels Dieu pardōna le peché, *Num.14*
vaincu par les prieres de Moyse, & neantmoins
il ne laissa de les punir temporellement, les
ayant tous faict mourir au desert & priué de la
iouïssance de la terre de Chanam, reserué Iosué
& Caleb: Il pardonna aussi à Moyse & Aaron *Num. 28*
qui auoient manqué de le glorifier aux eaues
de contradiction, & ne laissa pourtant de les
punir de leur incredulité, les priuant de l'entrée
en la terre de promission, Ainsi pardōna il deux
fois à Dauid, l'vne apres l'adultere: l'autre
quand il nombra son peuple: Et nonobstant
tel pardon, Dauid est puny de tous les deux pechez: Du premier par la mort de l'enfant né en

K 2

2. Reg.
12.
2. Reg.
17.
2. Reg.
24.
S. Aug.
tract.
124.
in Ioh.
item in
epist. ad
Rom.

adultere, & par la guerre que luy fit fon propre filz Abfalon, de l'autre par la pefte & mortalité qu'il choifit, des trois fleaux, prefentez de la part de Dieu. Pourquoy S. Auguftin difoit fur S. Iean, *Temporaliter hominem detinet pœna, quem iam ad fempiternam mortem non detinet culpa.* L'homme eft detenu de peine temporelle, qui n'eft plus coulpable de mort eternelle, & ailleurs, *Iuftitiæ diuinæ tanta conftantia eft, vt cum pœna fpiritalis & fempiterna fuerit relaxata, preffuræ tamen cruciatufque corporales nemini relaxentur:* La Iuftice diuine eft fi ftable & conftante en foy, que bien que la peine fpirituelle & eternelle ait efté relafchee, les peines toutesfois & tourments corporels ne font relafchez à perfonne. Voyez ce qu'il en dict, fur le Pfal. 50. Voyez auffi S. Iean Chrifoft. homel. de penitent. ou entre les autres chofes il dit, Dieu preuoyant, fi le peché demeuroit impuni que nous en deuiendrons plus mefchants, nous chaftie & prend punition de noz pechez. La raifon de cecy eft, que le peché eft oppofé non feulement à l'amour que debuons à Dieu, mais auffi à fa iuftice. Combien donc, que par la penitence nous foyós remis en grace & amitié auec Dieu & partant ne demeurions puniffables comme fes ennemis, d'vne mort eternelle, fa iuftice qui à efté offenfee n'eft pour cela fatisfaicte, eftant tref-vraye la maxime de S. Auguftin, que la iuftice ne peut eftre reftablie & reordonnee que par la peine. Car il eft raifonnable que celuy qui à fait de fa volonté ce qu'il ne debuoit,

S. Aug.

enduré auffi contre fa volonté, ce qu'il luy del-
plaift. Venons à la troifiefme partie, & voyons
fi le pecheur peut & doit faire quelque fatisfaction à Dieu de cefte peine temporelle. Vous
auez cy deffus entendu les aduis de S. Cyprian *S. Cypri*
& S. Auguftin : Le premier defquels en fon *fer. de*
fermon de lapfis, & par tout ailleurs, ne faict *lapf.*
que prefcher la fatisfaction que nous debuons
à Dieu. Il faut (dit-il) prier Dieu & l'appaifer
par noftre fatisfaction, *orandus Deus & noftra*
fatisfactione placandus: & plus bas, d'autant que
Dieu eft bon & mifericordieux en qualité de
Pere, d'autant eft-il à redoubter en fa maiefté
de Iuge, & puifque nous l'auons grandement
offenfé, pleurons auffi grandement, que la penitence ne foit moindre que le crime. Tertul- *Tertul.*
lian plus ancien que luy. Quelle follie eft-ce *lib. de*
là, d'attendre le pardon de fes pechez, & ne *panit.*
point accomplir la penitence. C'eft vouloir
emporter la marchandife fans payer, *hoc eft pre-*
cium non exhibere, ad mercem manum emittere : hoc
enim precio dominus veniam addicere inftituit. Sainct
Irenée encores auparauant : donner fes biens *S. Irenée*
aux pauures, c'eft faire payemét & fatisfaction *lib. 4. c.*
de fa conuoitife paffee, & pour preuue de cela, *26.*
il employe l'exemple de Zachee. S. Ambroife
dit, que par les fruicts des bônes œuures nous *S. Ambr.*
acquerons la vie eternelle, & racheptons noz *lib. 3.*
pechez par le prix des œuures de mifericorde: *offic.*
& in exhortat. ad virginem lapfam, grande fcelus
grandem neceffariam habet fatisfactionem, vn grand *idem ad*
forfaict à befoin d'vne grande fatis-faction, *virg.*
lapfam.

voyez Origene liur. 2. sur le leuiticq. S. Hy-
laire sur le Psal. 110. S. Hierosme sur malach.
S. Augustin sur le Psal. 50. Epiphane heresie
59. Et pour fermer ce discours Escoutez la de-
cision de ceste question, du iugement & sentence de Pacianus Euesque de Barcilone, Le
Baptesme est le Sacrement de la Passion du
Seigneur, Le pardon des penitents est le merite
de la confession. Tous peuuent obtenir la grace du Baptesme, parce qu'elle est gratuite,
mais le labeur de la penitence appartient à peu
de gens, qui se releuent apres le peché, qui re-
uiennent en conualescence apres la playe, qui
sont aidez par prieres accōpagnées de l'armes,
qui reuiuent par la mort de la chair, *qui carnis
interitu reuiuiscunt,* comme s'il disoit en vn mot,
qui appaisent Dieu par satis-faction. Mais quel
besoin d'aporter tant de preuue pour la satis-
faction des pechez commis apres le Baptesme,
veu que Caluin aduouë que tous les Peres en
ont parlé en termes expres. Et quoy que luy
& les siens aboyent contre, elle ne deroge en
rien ny à la misericorde de Dieu, ny au prix de
la redemption, que nous auōs par Iesus-Christ,
pour-ce que, comme dict S. Basile, Dieu nous
pardonne tellement par sa misericorde, qu'il
veut que nous accomplissions la penitence,
qu'il nous commande par ses Prophetes &
Apostres: Et d'ailleurs telle satis-faction estant
fondée sur la grace qui nous est donnée par Iesus-Christ, n'est qu'vne dependance du merite
de sa passion, & peut iustement luy estre refe-

Margin notes:

Pacian.
Barcil.
epist. 1.
ad Sym-
pron.

Caluin
lib. 4.
inst.c.4.
sect. 38.

S. Basile.

rée : comme en cas pareil S. Augustin dict *épist. 103*
fouuent, que Dieu coronnant noz merites, *& lib. de*
couronne fes œuures, par ce que noz œuures, *lib. arbit.*
n'ont le preuilege d'eftre meritoires deuant *& grat.*
D I E V , finon entant qu'ils procedent de fa *c. 5.*
grace.

FIN.

APPROBATION.

NOUS soubz signez Docteurs en la faculté de Theologie à Paris, certifions auoir leu diligemment ceste responce Catholique aux dix-sept demandes des ceux de la Religion, pretenduë reformée, & ny auoir rien trouué qui soit contraire à la doctrine de l'Eglise Catholique Apostolique & Romaine, partant l'auons iugé digne d'estre mise en lumiere.

BLAIRYE.

CHEROVLT.

Imprimé à Amyens, le treiziesme iour de May. 1611.

245

www.ingramcontent.com/pod-product-compliance
Lightning Source LLC
Chambersburg PA
CBHW070809260626
47161CB00006B/2222